El llop

Joseph Smith

El llop

Traducció d'Ernest Riera

AMS
TER
DAM
LLIBRES

Títol original: *The Wolf*

Primera edició: gener de 2009

Ara Llibres, SCCL
Corders, 22-28
08911 Badalona
Tel. 93 389 94 70
www.arallibres.cat

GrupCultura03

Foto de l'autor: © Ruth Davis

Disseny de la coberta original: © Suzanne Dean
Il·lustracions de la coberta i de l'interior: © John Spencer

Adaptació de coberta i disseny de col·lecció: Júlia Font i Cél·lula
Fotocomposició: Xavi Simó | questions.cat

Impressió: Romanyà Valls, SA

ISBN: 978-84-936603-7-6
DIPÒSIT LEGAL: B-2008–51207

Per a Louise i Clarke

1

ALLÀ AL MEU davant, entre els arbres, puc sentir l'enrenou de peülles que trepitgen la neu. Tota la resta està en silenci. M'estic ben quiet i l'alè i l'aire fred em fan un núvol al voltant del cap, no em moc gens mentre escolto, no veig altra cosa que el terra blanc i els troncs negres i punxeguts dels arbres. Puc ensumar la bèstia. La seva olor és neta i forta i destaca entre les olors més fredes del bosc, m'atrau i em crida. No pot ser lluny, però els arbres són tan espessos aquí que no la puc veure, i per tant avanço, camino amb passes delicades entre els arbres, salto al damunt de les branques caigudes, tot amb tant de silenci que només un ratolí que dormís al seu cau just dessota del lloc on les meves potes han aterrat, podria obrir un ull, per tornar a tancar-lo un moment després, un cop hagi passat jo de llarg.

Per damunt del soroll de les peülles de la bèstia se sent un esbufec, curt i fort, i en aquest bosc silenciós sembla un tro. Deu ser gros, aquest, perquè les meves orelles punxegudes no tan sols senten el soroll que l'alenada ha fet un cop ha sortit dels narius de la bèstia, sinó que l'han sentida allà on ha començat, a les profunditats d'un pit ample, dins d'uns pulmons grossos i poderosos. Avanço una mica més de pressa. Potser ha esbufegat per netejar-se els narius, perquè nota perill. Tinc el vent a favor i encara no m'ha olorat, i tot i que em bellugo tan silenciosament com el vent suau, aquestes bèsties tenen poders que jo no entenc. Si es pensa que corre perill, la cacera pot haver acabat abans de començar.

Em moc entre els arbres mentre escolto l'impacte i el cruixit de les peülles sobre la neu, amb el cor que em batega una mica més ràpid, amb els narius distesos per capturar l'olor brillant que m'empeny a avançar. Estic segur que la veuré aviat i amb l'excitació és com si volés per damunt del terra, les potes se'm mouen amb rapidesa, les plantes de les urpes em trien el camí silenciosament per damunt i pel voltant de les cosetes que sobresurten de la superfície llisa de la neu. És com si l'única cosa que existís fos el meu cap, amb els ulls penetrants, les orelles punxegudes i el nas poderós, i tota la resta del món es mogués cap a ell, cap a la meva boca oberta on l'aire em corre per damunt de la llengua i per entre les dents.

Ha començat a nevar un altre cop i el dia, tot d'una, es fa més fosc. Hi ha una ràfega de vent i ensumo més coses de la bèstia: ensumo la seva salut i la seva força i també que és molt a prop, i per tant alenteixo el pas. Miro al meu davant cap a la massa d'arbres, observo els espais entre ells, i llavors la veig, una forma grossa i fosca que es mou lentament, la banda de davant més baixa que la del darrere, mentre abaixa el cap per ensumar el terra, per buscar menjar. Camino al seu costat, separats per un centenar d'arbres, la bèstia es mou amb regularitat i no sap que jo em moc amb ella i que l'observo, per provar de jutjar la potència de les seves potes, la força del seu coll i la mida del seu esperit. Però sóc massa lluny per veure aquestes coses, i escurço la distància entre nosaltres, em moc lentament cap a ella, m'acosto com ho fa l'ombra d'un arbre quan s'alça el sol.

M'he acostat prou per veure el pèl al coll de la bèstia quan s'atura i aixeca ràpidament el cap, a l'extrem del seu coll gruixut, perquè els seus ulls grossos i marrons i els seus narius humits xuclin l'espai al seu voltant. Deu saber que sóc aquí, tot i que jo no he fet cap soroll. A vegades passa això, amb ells: s'aturen a escoltar quan no has fet cap soroll, fan una pausa i ensumen quan el vent s'emporta la teva olor, et miren encara que estiguis amagat i tan quiet com una pedra. Però tot i això et noten, com si l'arrel més profunda d'un arbre notés que un pardal s'atura a la branca més alta.

Gran bèstia admirable. I quan la miro mentre em busca noto que em creix alguna cosa al pit que és com la fam, però no pas al meu estómac. És una cosa que sento sempre quan m'enfronto a aquestes criatures. Una cosa que no entenc però que sé que em fa diferent de les altres coses vives, diferent dels arbres i de la neu, més semblant al foc, més semblant a la tardor que no pas a l'estiu. Comença així. Acaba de moltes maneres, però sempre comença així i amb atreviment, perquè em sento com si fos part del silenci del bosc, surto de darrere l'arbre on estic amagat per enfrontar-m'hi.

Encara busca un moment, el cap i les orelles li giren lentament abans de veure'm. El seu cap s'alça una mica més i els seus ulls es claven als meus. No mostren gens de por. Ara és com si tots els arbres haguessin desaparegut, com si no hi hagués res entre nosaltres tret de la gambada de l'altre, i cap soroll tret de les alenades i batecs de l'altre, que no podem sentir, però ens pensem que sí perquè sentim els nostres. Ens quedem immòbils i enfrontats l'un amb l'altre, la neu ens cau damunt l'esquena i tot està quiet i pacífic. Però això és una il·lusió, perquè veient l'altre tots dos sabem que l'aire està carregat d'olor i de perill, que aviat allà on hi havia silenci hi pot haver xiscles, i dolor allà on hi havia quietud.

Els seus ulls em diuen que és vella, però que encara és forta. Hi veig una llambregada d'imatges, els seus records, les coses que ella vol que vegi. Veig d'on ha vingut i on ha estat, que ha tingut un munt de cries, que ha lluitat amb molts llops i que mai no ha estat abatuda per ser esventrada i devorada. Em diu que no està preparada per a la mort, que encara lluitarà i em matarà si en té l'oportunitat. Això és el que ella vol que jo vegi, i quan examino el seu cos, encara poderós, el seu pèl abundós i els seus ulls profunds i clars, sé que no diu mentida i que no està preparada per a la mort. A vegades quan són vells o molt joves i estan espantats supliquen la mort, i només fingeixen que lluiten, i després d'una persecució curta és fàcil abatre'ls i estripar-los, no pas el coll, sinó la panxa.

Però aquesta sé que serà diferent. Està disposada a lluitar, i saber això em fa sentir aquella onada al pit i la fam a la boca de l'estómac. Els ulls de la bèstia són preciosos i desafiadors i com a resposta jo li dic que sóc jove i fort i que encara que no he menjat des de fa molts dies, encara que els meus ossos sobresurten una mica sota el meu pèl, sóc prou poderós com per provar d'arrabassar-li la vida.

I em pregunto què deu sentir la bèstia quan em mira els ulls, perquè jo sé d'on he vingut i què sóc, perquè sóc el llop, el que pren vides: el predador. Ataco amb els ulls oberts i veig com salta la mort, brillant i ferotge, a la mirada de la meva presa. Sóc el llop, l'ombra que porta la llum de la mort, la vida que dóna llibertat als ramats temorosos i cansats, i que posa fi al patiment dels seus febles. He estat amb molts per sentir les seves últimes alenades, per retenir-los, per abatre'ls, per esventrar-los mentre gemeguen i lluiten per la vida que havien bandejat i oblidat de viure, per escalfar-los i tornar-los a despertar, a la fi, dins del foc del seu final.

Tot això ho ensenyo a la bèstia en un instant, i encara que ella sap que estic sol i que no tinc llopada al darrere per ajudar-me a abatre-la, té por. Me la miro, i jo també tinc una mica de por. És vella i ja ha passat l'edat en la qual la seva força seria impossible d'igualar, però estic afeblit per la manca d'aliment en aquest hivern llarg i desesperat, i per tant estem ben equilibrats i serà una cacera digna. Ens mirem l'un a l'altre un moment més i en aquest moment veiem tots els punts forts i els punts dèbils del contrari. La decisió està presa. Ella gira cua i es comença a allunyar entre els arbres i jo la segueixo, sense presses, perquè la cacera tan sols ha començat.

Els ulls clavats a la forma de color marró fosc que es mou entre els arbres grisos i per damunt de la neu blanca, i amb un ritme uniforme per no acostar-me massa i per no tenir mai la bèstia gaire lluny, aviat em perdo en aquell altre lloc on tot és callat però molt clar. M'he aturat, els dies més silenciosos d'aquest hivern, per escoltar, i m'he pensat que no sentia res. Però com més he esperat, més he sentit, els sorolls més minúsculs han emergit del silenci; una branca que espetega o que cau a terra amb un terrabastall distant, la crida d'un ocell, el gratar d'un insecte a les profunditats de la fusta d'un arbre mort. Només sento aquests sorolls quan no tinc cap necessitat de sentir-los, com si sabessin que es poden fer sentir perquè no paro l'orella per sentir-los a ells. I ara passa el mateix mentre segueixo a la bèstia. Amb tota la meva atenció concentrada en el trot lent de la figura que tinc al davant, puc sentir tota la resta del bosc al meu voltant, un llac de sons on cau la pluja, que és el tamborineig de les seves petjades i de les meves.

I el bosc en si, la massa d'arbres adormits i de neu blanca que ho cobreix tot, el gel que penja de branques trencades i retorçades com dents en una boca feta malbé. Escolta el bosc el nostre moviment? Noten els arbres a les seves arrels les peülles de la bèstia que trota al seu damunt? Noten la seda del meu pèl quan m'esquitllo per sota d'una de les seves branques, i tremolen en somnis, sabent què els passa als que encara són desperts enmig del fred, perseguits i temorosos d'una mort que els segueix silenciosament, amb uns ulls com de foc i una llengua rosa aposentada entre ullals llargs i esmolats? No, ells no ho poden saber, això, i mentre em bellugo entre els seus troncs em sento orgullós d'estar despert i viu, no pas com ells, i la bèstia també se'n deu sentir. Es deu sentir més viva ara del que s'ha sentit en molts dies.

2

El dia comença a enfosquir-se quan decideixo posar-la a prova. Ha mantingut un pas uniforme i no ha demostrat cap feblesa en el seu moviment: no ha cedit al pànic ni ha provat de fugir disparada, i no ha afluixat el pas pel cansament. Jo l'he seguida, pacient al seu darrere, però ara accelero el pas, deixo de trotar i començo una carrera lenta, i em situo més cap al seu costat que cap al darrere, de manera que em pugui veure de cua d'ull, una forma grisa que s'escola a través del gris més fosc dels arbres. Ella em veu i el cap li gira lleugerament. El seu ull veu els dos meus i en aquest moment els hi deixo veure, li deixo veure els ullals i les panxes estripades d'altres bèsties com ella, els colls tallats de cérvols, la sang i la meva fam de sang i la meva fam d'ella. I és fàcil ensenyar-li això, perquè el meu estómac té fam i la sang del meu pit és calenta i ràpida, i m'empeny al seu darrere, em diu que cada cop de pota damunt de la neu és la cosa més natural, és el que jo sóc.

La bèstia trenca el trot i comença a córrer, la forma de color marró es projecta endavant, el soroll de les seves peülles damunt de la neu es fa tot d'una més fort i menys regular quan accelera el pas. És prou sàvia com per no deixar-se endur pel pànic i córrer tant com pugui... El que fa és fixar un mig galop feixuc que, tot i que sembla lent, és prou ràpid com perquè jo hagi d'esforçar-me una mica per seguir-lo. Si la bèstia fugís ara a tota velocitat, les coses serien més fàcils. Aquesta era la meva esperança quan li he ensenyat les morts del meu passat, el dolor que he administrat, els ullals que han estripat sotaventres tous... Perquè si ara arrenqués a galopar a tota velocitat els seus músculs es cansarien molt abans que els meus i jo tindria avantatge quan provés d'abatre-la.

Però aquesta bèstia és vella i té experiència i pensa que mentre tots dos correm ella encara té possibilitats. Si provés d'atacar-la ara, si corregués i comencés a mossegar-li les potes del darrere, ella podria tenir perfectament prou força encara per girar-se contra mi i guanyar-me. Per això deixo que corri. No faig servir les dents encara, perquè tot i que ella espera poder-me cansar, el que no sap és que com més provi d'allunyar-me, com més provi de mantenir la distància entre nosaltres, més fort em faré jo.

Aquest és l'error que sempre cometen els més forts. Creuen que com més ferotges i més decidits a lluitar contra mi es mostrin, més em descoratjaran. Però com més lluiten, més em deleixo jo per abatre'ls. I aquesta bèstia que segueixo ara, a l'extrem gris d'aquest dia d'hivern, aviat estarà molt més cansada, molt més feble que no pas jo. Així he descobert que passa sempre amb aquestes criatures, i encara que poden ser perilloses i fortes fins i tot quan més dèbils estan —fins i tot després de la persecució més llarga i dura que es pot imaginar, encara poden fugir—, sempre sóc jo qui acaba amb el cor més ple, la meva ànsia de mort més gran que la seva voluntat de viure.

Correm així, plegats, durant un temps, una forma que en segueix una altra per entre els arbres, i el dia cada cop més ombrívol al nostre voltant a mesura que cau la nit. El bosc és ple del soroll que fan les peülles de la bèstia, pesants i tronadores, del frec més lleuger de les meves potes sobre la neu i per damunt de tot de les seves alenades, que se senten davant meu com si fossin un batec, ferm i profund. Començo a cansar-me. Sé que ella també deu estar cansada, i per això redueixo el pas, sabent que ella, sense adonar-se'n, també el reduirà; i ho fa, fins que tots dos reprenem el trot lleuger d'abans. I tan bon punt entrem a la foscor del començament de la nit, és com si els esforços anteriors no haguessin existit mai. Però ara som una mica més conscients l'un de l'altre, i m'imagino amb una excitació sobtada que la bèstia deu estar una mica més espantada que abans.

Ara que ens movem tan a poc a poc, aviat em sento reposat, el cansament s'escola de les meves potes i es perd en la foscor entre els arbres, potser fins i tot entra dins dels arbres. És una nit preciosa —freda i clara amb un bocí de lluna per il·luminar el camí— i sabent que segueixo una presa inhalo profundament l'aire, ensumo el bosc i la neu i per damunt d'això l'olor de la bèstia que s'arrossega pel terra, per encoratjar-me. Estic satisfet de mantenir la distància fins a les profunditats de la nit, quan la lluna s'ha amagat i fins i tot amb els meus ulls penetrats m'haig de concentrar per triar el camí que segueixo.

I llavors, quan tinc la impressió que la nit ja s'ha fet tan fosca com pot arribar a fer-se, abaixo el cap, se m'obre la boca i les dents, que em sobresurten per sota del morro, noten la fredor de l'aire mentre passo en silenci del trot al galop.

Aquesta vegada no vull que em vegi venir. Escolto amb molta atenció per saber exactament on és i llavors trio el meu camí a través dels arbres, em moc ràpidament entre els seus troncs, segueixo una ruta que espero que em mantingui amagat i que impedeixi que em vegi de cua d'ull. El soroll de les peülles es va fent cada cop més fort a mesura que m'acosto però el seu ritme no canvia. Jo em moc molt de pressa i m'hi dec acostar a cada salt, i unes quantes gambades més endavant torno a veure el que havia perdut amb la foscor, la bèstia movent-se amb regularitat al meu davant: una forma desdibuixada que es belluga contra el negre de la nit als boscos, però que per als meus ulls és tan clara com si fos de dia. És difícil enganyar aquestes criatures i fer-les pensar que encara les segueixes a distància, sobretot quan ets tan a prop i et mous tan de pressa com jo ho faig ara, però potser ella encara no sap que sóc tan a prop, i amb gran emoció em llanço endavant en un esprint, m'esquitllo entre els arbres cap a ella, les meves potes colpegen sobtadament la neu amb força.

Aquestes bèsties, però, tenen estranys poders, perquè tot just quan jo sento l'enrenou de les meves potes en plena carrera, ella també ha arrencat a galopar. Noto com tremola el terra i l'aire es fa espès tot d'una amb el soroll de peülles poderoses que colpegen la crosta del bosc, que empenyen la bèstia cap endavant, múscul i os a punt de trencar-se quan es deixa endur pel pànic. Però tot i que es mou de pressa, tot i que m'alegra la velocitat que veig al meu davant, encara em sento més satisfet per la rapidesa amb la qual m'acosto a ella, per la facilitat amb la qual enfonso les potes a la neu i redueixo la distància amb cada salt fins que sóc just darrere seu, el soroll de la neu castigada és eixordador, tinc les seves peülles tan a prop que haig d'esquivar-les quan es precipiten cap avall.

Sabent que sóc tan a prop, la bèstia prova de girar-se, però amb aquella espessor d'arbres no té prou espai per fer-ho. Dubta, fa petits canvis de direcció, busca un lloc prou gran per poder enfrontar-se a mi i lluitar, i jo la segueixo amb facilitat, amb el cap tombat a un costat mentre corro, amb les mandíbules obertes i a punt, i repetint els seus moviments per no acabar trepitjat. Torna a dubtar i jo salto endavant, busco el darrere de la seva pota, noto com el múscul es flexiona contra el meu cap mentre jo em giro i hi clavo les dents. Aguanten, fixades al pèl i la pell, però tan sols un moment, i noto que s'arrenquen, com s'emporten el sabor de la sang. Continuo corrent, però en el moment que toco a terra la bèstia clava una guitza amb la peülla. Jo provo d'apartar-me'n però el cop m'encerta l'espatlla, m'empeny enrere i lluny de la pressa.

En l'instant que tardo a rodolar i a lluitar per recuperar l'equilibri, sé que el cop que m'ha clavat ha estat bo. Amb prou feines sento dolor i no he perdut gens ni mica la meva voluntat de caçador, però quan provo de córrer al seu darrere un altre cop, noto una insensibilitat, una desgana que se m'estén des de l'espatlla fins a les urpes. M'ha fet perdre l'alè i bleixo, veig enrabiat com ella guanya un altre cos de distància entre tots dos mentre jo m'esforço, mentre encara clavo les potes amb força a terra per empènyer cap endavant, però l'espatlla i la pota cada cop se'm fan més i més sòlides, de manera que només puc córrer amb un moviment estrany, lent, convuls.

La fam del meu estómac, quan s'adona que potser estarà un altre dia sense alimentar-se, se'm comença a cargolar com una malaltia dins de la panxa, i la sang al meu pit és tan calenta que em puja al cap. Provo de continuar corrent, però ranquejo molt. M'han colpejat moltes vegades i malgrat tot he aconseguit abatre'ls, i penso que la pota se'm relaxarà si la faig servir, i per això continuo al darrere de la bèstia, tot i que no m'hi acosto pas, sinó que s'allunya fins que desapareix completament en la foscor al meu davant. Sento un soroll greu i rabiós que sembla venir d'entre els arbres, però que unes quantes passes després m'adono que són els meus propis grunys de frustració. La bèstia s'escapa i jo no puc fer res per aturar-la. No puc fer ben res per aturar el soroll de les seves petjades, que s'esvaeix en la nit, l'olor que era intensa i a tot arreu es converteix en poca cosa més que un rastre al terra, un cop més.

Podria provar de seguir-la així, però ara que l'ha dominat el pànic correrà amb força molt de temps, i potser no tornaré a veure-la fins d'aquí uns dies, i llavors, si no he menjat, ella serà sens dubte la més forta. No, l'oportunitat era aquí, aquesta nit: aquesta era la mesura de tots dos. Ella ha fugit amb una sola guitza encertada, ha aprofitat l'oportunitat quan jo no he pogut mossegar-la com cal... I si fa un moment cada passa endavant que jo feia era tan natural com el bosc mateix, i la bèstia i jo estàvem lligats l'un a l'altre com l'aigua que corre, ara estem estranyament separats i la cacera ja s'ha acabat. A vegades les coses són així.

Alenteixo el pas i a la fi deixo de ranquejar i em quedo quiet, i miro la foscor entre els arbres, cap a la direcció on l'he vista per última vegada. El bosc ha tornat al silenci intens de la seva nit i les meves alenades fan l'únic soroll que puc sentir, ennuvolades al voltant del meu cap quan surten projectades dels meus narius i es recargolen cap amunt per entre les meves dents. Sento un petit dolor a l'espatlla, allà on m'ha colpejat, però no és res i sé que al matí haurà desaparegut. Tot d'una estic molt cansat. Encara tinc gana, però això tampoc no és res, perquè fa dies que tinc gana i al matí tornaré a tenir gana.

Però pitjor que el cansament i la gana és la sensació d'haver perdut, d'haver tingut l'oportunitat d'abatre una excel·lent bèstia i haver fracassat; i encara que això m'enfurisma, també em fa sentir orgullós, orgullós en el fons del cor per allò que sóc i orgullós pel que ella ha hagut de fer per fugir del que jo faig. Encara puc ensumar-la lleugerament i imaginar que sento l'enrenou apagat de les seves peülles, però no puc. Contemplo molt de temps l'espai negre entre els arbres, i tan sols quan aquella sensació dins del pit em desapareix completament, i em deixa només una buidor al lloc on era, tan sols llavors giro cua i busco un lloc on dormir.

3

QUAN EM DESPERTO l'endemà, tot i que el cel és gris i no puc veure el sol, sé instantàniament que he dormit fins ben entrat el matí. M'alço i m'estiro i noto que encara hi ha una certa rigidesa a la meva espatlla, però cap dolor. Badallo, faig unes quantes passes mandroses i començo a notar el dia al meu voltant: el fred, la calma de l'hivern, l'ombrívola manca de vida del bosc que és alhora inquietant i reconfortant, perquè malgrat voler dir que s'hi troba poc menjar, com a mínim també vol dir que aparentment jo sóc l'únic que el busca. La fam de l'hivern, sempre present, la tinc silenciosa dins de l'estómac, és la fabricant dels ossos que em sobresurten sota el pèl i de la saliva que m'omple la llengua, és el que m'ha empès a aixecar-me quan hauria pogut dormir fins que caigués la nit. Necessito menjar, i aviat, si no vull acabar molt més dèbil del que em puc permetre, i per tant començo a caminar, la rigidesa de l'espatlla em desapareix gradualment, els arbres em passen pel costat en silenci.

És un mal hivern. N'he vist quatre, fins ara, i només en un era jove, però aquest és el pitjor. La neu i el fred han esclafat la vida al bosc, o l'han xuclada per satisfer la seva fam desesperada. La vida existeix aquí, encara, sí, però tancada al cor dels arbres amb els més minúsculs insectes, o profundament soterrada amb les arrels adormides que el cérvol i la llebre poden excavar i menjar, però que cap llop no pot digerir. A les copes dels arbres els ocells estan ben vius i piulen quan passo, perquè saben que no els puc haver, i m'observen, un traç de color gris al seu dessota, mentre jo també me'ls miro amb ulls d'ambre i em pregunto què deuen menjar, potser insectes, o potser els uns als altres.

Des de l'última lluna he vagarejat pel bosc, he agafat camins que em pensava que havia oblidat, els he tornat a recordar sense sorpresa i amb ben poca recompensa tret de l'ocasional ratolí espantat o escarabat morós, que ha quedat sense casa quan s'ha trencat alguna branca i ha caigut en un llac fred de neu, per ser mastegat ràpidament i sense entretenir-se, els seus sucs amargants m'esclataven a la boca i gairebé em feien perbocar, però malgrat tot vaig empassar-me'l amb ànsia. I cada cop que he pensat que el present és més desesperat que cap altre moment passat, he trobat alguna petita queixalada, un trist àpat que evitava la fam veritable i perillosa: aquella que enfonsa el cos a terra en comptes d'empènyer-lo endavant, furiós i amb les dents al descobert.

Però tot i que sempre hi ha hagut un altre àpat per fer, han estat tan petits que els ossos se m'han esmolat cada cop més sota la pell, les cames se m'han aprimat i el pèl se m'ha apagat. Mai no havia estat tan afamat ni tan dèbil i

encara que dintre meu hi ha un munt de força, alguna cosa de ben endins em diu que haig de menjar aviat, i bé. Si no ho faig, canviaré... I esdevindré alguna cosa inferior al que hauria de ser, un canvi que podria ser impossible d'alterar.

I mentre em moc amb uniformitat per damunt de la neu i entre els arbres, em colpeix de sobte una onada de recança per no haver-me esforçat més a abatre la bèstia ahir a la nit. Si li hagués clavat les dents a l'anca com calia, si hagués estat més ràpid a l'hora d'evitar la guitza, si hagués tingut la voluntat necessària per continuar-la perseguint, per molt lentament que fos. Podia aquella queixalada fallida representar el punt d'inflexió d'aquell hivern, de la meva vida? Ja he canviat tant, m'ha afeblit aquest hivern fins al punt que vaig preferir no perseguir la bèstia encara que la meva ferida només era menor? He canviat ja de manera irreversible?

Allargo les meves gambades, amb l'esperança de poder fugir de la recança. I amb un trot suau aviat ho aconsegueixo. Aviat, tot i que no he oblidat pas la nit anterior, noto com s'escola cap al passat per esdevenir una part del que jo sóc, un record de caçador que em farà millor la pròxima vegada i que em farà més fort el pensament, malgrat els

meus músculs cansats i afeblits. Quan torni a enfrontar-me a una bèstia, amagaré el fracàs perquè no me'l vegi als ulls, però mostraré la meva saviesa augmentada i això sí que ho veuran i ho sabran i tindran més por de mi de la que tindrien si això no hagués passat mai. Pensar-hi fa que les meves passes siguin més lleugeres i més fàcils damunt del terra tou, i ara em moc amb rapidesa, miro amb atenció al meu voltant i ensumo tot el que es pot ensumar, a punt per captar un rastre o veure el més petit dels moviments.

El cel s'ha enfosquit i és d'un gris més profund quan decideixo aturar-me a reposar. Aviat nevarà. Noto de quina manera s'ha aturat el dia, a l'espera de l'esdeveniment que, tot i repetir-se contínuament, encara resulta una mica sorprenent per a mi, però potser no per als arbres, que deuen sentir-lo constantment, les seves branques cada cop sota més pes. Cada vegada que neva recordo que la primavera encara és molt lluny, que aquest hivern tan sols ha començat i que li queda un camí llarg per recórrer, afamat al seu pas, delerós per les mateixes vides que reclama el meu estómac, per prendre vides i donar-les directament a la terra com a carcasses esquelètiques congelades sota la neu.

Els flocs comencen a caure, petits puntets de blanc que descendeixen, impertorbats en aquesta tarda sense vent. M'assec i després m'ajec amb les urpes estirades davant meu, empenyo l'estómac contra el terra per alleujar el dolor de la fam, contemplo la nevada i els arbres, el terra blanc i el cel fosc damunt nostre. Aquesta àrea del bosc me la conec poc, perquè és ben bé al límit del territori per on m'he mogut, i em fixo en l'espai entre els arbres que tinc més a prop, darrere els quals hi ha troncs distants d'un gris més fosc que creixen tan espessos i s'estenen fins a tanta distància que esdevenen un mur que no deixa ni la més petita escletxa d'espai visible. I m'adono amb un rampell sobtat de por perquè he vingut fins aquí, perquè he arribat tan lluny, fins al punt que la terra se m'apareix al davant, per primera vegada, com una barrera.

M'alço ràpidament i m'espolso la neu de l'esquena. Podria reposar més estona però si hi ha la possibilitat de trobar un àpat pels camins que conec, llavors no la puc perdre. Pensar en el que hi ha més enllà d'aquests camins fa que el cor se m'acceleri i que una inquietud se m'escoli fins al capdamunt de l'espinada.

Pensar que tots aquests dies, quan m'allunyava d'un turó, quan travessava una vall o una altra, no he notat què era el que en realitat em guiava cap aquí!

Tenia l'esperança de trobar alguna cosa com la bèstia d'ahir a la nit, que em donés prou menjar i prou força com per tornar als llocs que conec millor. Però no vaig saber-la abatre i ara torno a ser aquí, fent veure que segueixo aquests camins a la recerca d'un ratolí o d'una llebre, però empès tota l'estona cap al límit del meu territori, cap al límit del que conec. I mentre m'estic aquí, mirant els arbres que tinc al davant, és com si la seva letargia s'hagués convertit ara en un silenci hostil. S'apleguen tots junts com un ramat, flanc contra flanc, s'enfronten a mi i m'adverteixen que no m'hi acosti. Com més me'ls miro, més vius i perillosos es tornen, fins que ja no són un ramat sinó una llopada, una llopada de formes grises, com potes gegants dels de la meva raça, i miro cap al cel que tenen al damunt, a l'expectativa de veure els seus pits i els seus caps enormes, tornant-me la mirada. Però només hi ha un cel deslluït i la neu que cau.

La fam al meu estómac encara es recargola i em mossega i jo em torno a posar en marxa, ni cap al límit del territori ni lluny d'ell, tot seguint un camí antic que estic segur que no donarà cap fruit. Aquí la terra es mou cap amunt, el camí agafa la vessant d'un turó i li ressegueix lentament el costat fins arribar al cim. És el cim el que em fa por, o més ben dit, el que hi ha més enllà del cim, a la vall de l'altra banda, i m'hi acosto a poc a poc, amb l'esperança que em distregui algun moviment o algun soroll o alguna olor d'entre els arbres, alguna cosa que em faci deixar enrere aquest lloc i el cim del turó. Però no hi ha res. Aquí no hi ha cap vida tret de la meva, i tot i que ara un nerviosisme l'aferra el coll i les potes, continuo endavant, la freda buidor del meu estómac m'empeny. Faig cada passa com si caminés per sota de l'aigua, com si nedés enmig de la meva pròpia ànsia i no tingués cap altra opció que no fos arribar a l'altra banda i sortir-ne.

La terra es fa més costeruda i les meves alenades formen núvols a mesura que pujo, la neu és fonda i se'n desprenen claps que rodolen silenciosament al meu darrere.

Unes quantes passes més i sóc al cim, a l'espinada del turó, el bosc espès al meu darrere però només uns quants arbres escampats al davant, l'espai entre ells és ample i mostra el cel fosc al seu darrere. Ser-hi tan a prop ha convertit el meu nerviosisme en excitació, la fam que sento queda equilibrada pel sobtat regust de la saliva a la meva llengua. Dempeus, miro al meu davant i penso que ara podria girar cua i tornar al bosc interior, podria apostar per la possibilitat de topar amb un àpat al camí de tornada. O també, penso mentre empasso saliva, puc avançar unes quantes passes més, fins arribar als últims arbres que tinc al davant. I fins i tot quan arribés a aquells arbres, també podria girar cua, tornar a allò que conec, a allò que sóc i hauria de ser.

Faig unes quantes passes endavant i amb l'últim dels arbres al costat, contemplo la vall dessota. Aquí no hi creix res; només hi ha una capa de neu ondulada que s'allunya de mi i que captura les últimes restes de resplendor diürna en una llum feble, més brillant que les estrelles que comencen a treure el nas als bassals de cel visibles entre els núvols. Més enllà de la vall el bosc recomença, cobreix els turons que creixen en la distància fins a fer-se muntanyes, enormes formes cantelludes que veig desaparèixer contra el cel nocturn, esvaïdes ràpidament com si fossin visions. I quan les muntanyes han desaparegut la meva mirada torna a caure damunt la vall i damunt una granja, el cau de l'home, gran i immòbil com un túmul de roques, amb un fil de fum que li surt del centre i una llum groga i suau que li vessa pels costats cap a la foscor creixent. M'estic allà palplantat però no admiro pas el que ha fet l'home, ni sento cap astorament davant de l'estranyesa de la seva llar, tota ella línies rectes i cantonades tallants, sinó amb menyspreu per la closca on els homes s'amaguen, tan morta com la pedra amb la qual està feta, tan diferent dels arbres, que només dormen.

I ara, quina direcció haig de prendre? Giro cua i davallo cap al bosc, cap al meu territori, amb l'esperança de trobar alguna cosa viva que pugui caçar i tornant-me més feble a cada passa que faci? O davallo cap allà, cap a aquella cosa enmig de la vall, cap a un lloc perillós on no hi ha necessitat d'esperança sinó tan sols la voluntat necessària per superar la por i el fàstic que sento? El meu instint em diu que giri cua i que torni als camins que conec. Però aquesta fam a la meva panxa, l'excitació al meu pit i a les meves potes crida en silenci que vol perill, que vol baixar cap a aquella granja i sentir l'emoció de traspassar una barrera que no hauria de franquejar... Una transgressió que de ben segur em procuraria el menjar que desitjo més que cap altra cosa. Si les coses fossin diferents, no seria aquí, mai no hauria vingut fins aquí. Però sóc aquí i em moro de gana i no giraré cua perquè senzillament no puc. No em puc afeblir més, i si això vol dir que haig de baixar cap a la vall per menjar, llavors ho haig de fer.

I així baixo cap a la vall, llisco suaument vessant avall com l'ombra d'un núvol que corre amb rapidesa sota una lluna brillant. Tinc el cap cot i noto la força en tensió del meu cos, de la fam que em puja per les potes i cap a les espatlles, cap al coll estirat i fins a les puntes dels ullals. L'aire és fred i espès i jo el tallo, el més minúscul tamborineig sobre la neu al meu dessota, els retalls de núvol i cel negre a sobre meu, el turó costerut que s'allisa endormiscat i la granja al davant amb aquells dos grans ulls grocs i buits que m'observen mentre m'hi acosto.

Al capdavall de la vall la terra es fa plana del tot i jo la travesso en direcció cap a la granja, sento el murmuri de la neu sota les meves potes, i l'excitació fa que ho noti tot amb la brillantor i la claredat del gel. Però també em sento aprensiu. Per damunt de la frescor de l'hivern, sento olor de cremat, i pitjor encara: l'olor de l'home, que em posa nerviós instantàniament. He topat abans amb aquesta olor, al bosc, però llavors havia estat prima i sovint vella d'uns quants dies, mentre que aquí... Aquí és fresca i cobreix tota la terra tan feixugament com la neu. Mai no l'havia sentit tan abundosa, i si enmig del bosc, quan trobo el rastre d'un home, em capfico un moment, sentir-la amb tanta força com ara em diu que hi ha perill, un perill desconegut tan estès pertot arreu com la mateixa olor.

Arribo a la vora de la granja i miro enlaire per veure el lloc d'on brolla un fum espès cap a les altures, com si una bèstia enorme i ferida maldés per projectar cap a la nit les seves últimes alenades mentre jo, menut i ràpid, m'hi acosto sense que em percebi. Silenciosament, ressegueixo la paret, la pedra s'alça com un penya-segat al meu costat, i a l'altre s'estén el llac blanc de neu que torna a pujar fins al bosc. Em sembla que sento alguna cosa i em quedo immòbil, amb la pota aixecada, però l'única cosa que sento és l'enrenou del meu cor inquiet dins del pit i el xiuxiueig de les alenades que formen núvols al voltant del meu cap i en l'aire que tinc al davant. Camino lleuger, m'acosto cautelós cap als grans ulls grocs que foraden la pedra. I quan passo per sota d'aquests ulls m'aturo i me'ls miro i m'imagino que veig por en aquella pàl·lida resplendor groga: la mirada espantada de la bèstia exhaurida, que veu sense poder-hi fer res com el llop s'acosta per clavar-li mossegada a la panxa tova.

Aparto la mirada i continuo resseguint la paret fins arribar al final. Allargo el coll i l'estiro lentament cap a l'altra banda de la cantonada per veure el lloc on guarden les ovelles, una petita àrea enganxada a la granja, a curta distància del lloc on sóc jo, mig amagat. Em pregunto si n'hi deu haver alguna de desperta, si en aquests moments alguna pot veure una forma estranya amb orelles punxegudes i ulls resplendents, com si la cantonada de pedra hagués criat un cap per poder-se-les mirar. Però no n'hi ha cap que es bellugui i giro la cantonada, entro de sobte enmig de la seva olor aclaparadora, que m'excita i em fastigueja alhora. Al darrere de la tanca que els manté captius, són unes formes blanquinoses contra la foscor, apilonades i que dormen entre elles mateixes, el fred i la neu que cau espessa. I a través de la neu em dirigeixo cap a elles, una forma fosca enmig de la nit, amb la fam que em crema a l'estómac.

A mesura que m'hi acosto les seves formes es fan més precises. Distingeixo instantàniament les grans de les petites i les primes de les febles, i quines deuen ranquejar quan caminen. Però aquesta nit no hi haurà cap selecció curosa. Contra aquestes criatures no em puc mesurar com a caçador, perquè són criatures de l'home, bèsties que ha torturat perquè renunciïn a la seva salvatgia, que ha transformat en lletges perquè els ha pres l'instint, tret de l'instint d'apilonar-se com ximples les unes contra les altres i el de córrer en cercles preses del pànic. M'estimaria més menjar la carronya de qualsevol animal salvatge que no pas una d'aquestes ovelles, i si aquesta nit tingués forces les mataria totes, no pas portat pel frenesí sinó perquè detesto la seva feblesa, com fan tots els llops, l'odi i la por que ens desperta l'home i el que ha fet l'home, es troba l'endemà al matí en un centenar de cossos bruts de sang, més salvatges en la mort del que mai no van ser en vida.

Aquests pensaments passen tan ràpidament com una alenada furiosa i tot d'una ja sóc a la tanca, i contemplo un embalum rodó de carn que sobresurt cap a mi d'entre els pals de fusta. No sé quina part de l'ovella és, però això no té importància —no pas aquí, contra aquestes criatures— sempre que pugui clavar-hi les dents. Per tant, enfonso el cos fins al terra, que noto sota les meves potes tan ferm i tan a punt com les dents amagades darrere els meus llavis. Salto cap endavant i arreplego l'ovella, el morro se m'enfonsa en la seva pell, i encara que només per un instant, noto una breu resistència abans que la potència de les meves mandíbules perfori la pell gruixuda de l'ovella i faci que les meves dents es clavin a la carn dessota.

El silenci queda fet a miques quan l'ovella xiscla de dolor i de por. S'aixeca dempeus violentament i veig com el cap se li alça per damunt del cos i es gira per mirar-me, amb la boca oberta en un crit constant, els ulls inflamats de terror sobtat. Quan l'ovella es recargola i prova de desempallegar-se de les meves mandíbules, jo estiro amb totes les meves forces, desplego les potes per aferrar-me millor al terra i estiregassar tant com pugui, i tant me fa si arrossego l'animal sencer a través de la tanca o si només n'arrenco una queixalada. Les altres ovelles es deixen endur pel pànic i totes belen escandalosament, però no hi dono cap importància, ni a elles ni a la fi del meu sigil, perquè noto com l'ovella ve cap a mi: l'estic

arrossegant, tota sencera o un tros, a través de la tanca, amb totes les dents clavades a la seva carn, terribles. I amb cada estrebada noto que alguna cosa s'estripa, potser la fusta de la tanca, o potser la pota de l'animal... Un estrip meravellós que amb cada batzegada és més fàcil i més llarg.

Tot d'una hi ha una llum brillant i groga. Ho inunda tot abans de tocar-me a mi i saltar-me dins dels ulls: una ceguesa, però que només dura un instant abans que les formes no tornin a reaparèixer al meu voltant, desdibuixades i daurades. Torno a estiregassar l'ovella, però més dèbilment aquest cop, perquè estic confós per la llum i una mica espantat, perquè no hi hauria d'haver llum, tret que entre el moment que era dalt del turó i el temps que he tardat a baixar fins aquí, hagi travessat la nit d'alguna manera. I ara sento un altre soroll que murmura al meu costat per dessota dels xiscles de les ovelles. Tombo el cap per mirar en la seva direcció i la llum il·lumina per entre l'espessor de la llana de les ovelles una forma enorme que ve cap a mi, els sorolls que fa cada cop més distingibles i quan surt de la claror s'afegeixen sobtadament als seus moviments.

Petjades que vénen cap a mi! I amb elles l'olor horrible de l'home. Obro les mandíbules i em desempallego de la bèstia, tombo el cos per allunyar-me de la tanca i de la cosa que se m'acosta. La pota del davant em rellisca i caic endavant, el cap em colpeja a terra i la boca oberta se'm tanca amb un espetec. Puc sentir que l'home és molt a prop i provo d'aixecar-me, recargolo el cos damunt la neu fins que el terra és del tot al meu dessota i puc alçar-me per enfrontar-me a ell, dret al seu davant amb el cap baix, per veure la resplendor dels seus ulls i el bastó negre i llarg de la seva escopeta.

Corre cap a mi i alça l'escopeta, i tot i saber que sens dubte sóc mort i que res no m'agradaria més que travessar l'aire volant directe a la seva gola, alguna cosa més poderosa em fa fer mitja volta i començar a córrer, a córrer tan de pressa que estic convençut que ensopegaré i cauré, les meves potes són una desfeta de moviment. I llavors l'espetec en l'aire que impacta contra tota la resta de sorolls, i jo espero el dolor o la mort, però com que no arriben continuo corrent. Un segon espetec en l'aire i ara corro amunt cap al bosc i el soroll és menys esfereïdor. El turó es fa costerut però no deixo de córrer, una força que no he conegut mai m'empeny cap amunt fins que acaba l'espai obert i ja sóc entre els arbres.

M'aturo i em giro, segur amb els arbres al meu voltant, els seus troncs gruixuts i les seves branques protectores lligades al damunt. La neu ha deixat de caure i puc tornar a veure la vall, on l'home trontolla entre les seves ovelles, i va de la una a l'altra amb els braços oberts de la falsa tendresa, xiuxiuejant per reconfortar-les i calmar-les; els mateixos xiuxiuejos que farà servir quan les bèsties notin la fulla del ganivet contra el coll. Les ovelles encara estan sota els efectes del pànic i fugen d'ell com fugirien de mi, però es tranquil·litzen tan ràpidament com ha escampat la nevada, i l'home les pot examinar d'una en una, buscanthi senyals del meu atac.

Contemplo aquesta escena desagradable mentre espero que el cor se'm tranquil·litzi, que la meva respiració es freni. Mai no havia corregut tan ràpidament! Quin poder tinc encara dintre meu si he pogut pujar aquest turó amb tanta rapidesa! Penso a girar cua i entrar al bosc, però dubto. Vull estar segur que és una bona cosa, que encara estigui viu i dalt d'aquest turó, i per tant torno a contemplar la granja i les formes menudes que s'hi belluguen, amb el desig que una sensació de benestar es formi dintre meu. Però això no passa perquè sé que s'ha esdevingut alguna cosa del tot errònia, i quan estic a punt de tornar a girar cua m'adono de què és: que tenia por, i que la força que he sentit no era meva, sinó una cosa imposada en mi per l'home. Mentre m'estic aquí, dubtant, viu i capaç de viure per tenir una altra oportunitat de matar, ho faig per primera vegada com a caçat en comptes de caçador, com a la cosa que protegeix la seva vida en comptes d'arrencar-la a un altre.

Terror! Aquesta era la força que m'ha fet pujar aquest turó com un llampec, per buscar la seguretat que ofereixen aquests arbres.

I fins i tot quan a la fi giro cua i començo a tornar cap al bosc, el noto al meu darrere, aquella horrible sensació de por, l'horror d'alguna cosa inevitable. Potser és així com se sent la bèstia quan jo camino al seu darrere pel riu que ella obre tristament a través de la neu, conscient que l'enemic no abandonarà, conscient que aturar-se una sola vegada a reposar voldrà dir no poder tornar a córrer mai més. Camino de pressa i sé que no em segueix cap altra cosa que les meves pròpies aprensions... Que no hi ha cap home que vingui a caçar-me, no hi ha cap mort que m'hagi de caure al damunt aquesta nit com una branca trencada cau damunt la neu. Però el terror que he sentit... Per a mi, això és més real que cap escopeta o que la fam, i camino llargament cap a l'albada fins que sé que ja no puc caminar més i que haig de trobar un lloc per dormir, mentre el cel es torna gris i els ocells comencen a cantar, un soroll horrorós.

4

Em desperto per descobrir que ha deixat de nevar i que el dia és radiant. La neu m'ha cobert durant la nit i m'alço per espolsar-me-la ràpidament, m'estiregasso i badallo amb les potes balbes, parpellejo amb uns ulls plens de son i veig el dia al meu voltant: un dia d'hivern perfecte, sense vent, amb l'aire radiant i clar i una olor fresca i neta, i tot resplendent sota la llum groga i brillant que ho banya tot i que fa lluir la neu blavosa i guspirejar el gel que penja dels arbres. M'estic immòbil enmig de la calma radiant i silenciosa, sense sentir res, tan sols ensumo l'aire net del bosc i noto els primers fragments d'escalfor, que troben el seu camí a través del pèl del meu morro —una escalfor tan delicada que qualsevol moviment faria que es perdés—, i mentre gaudeixo del plaer del sol sé que puc durar un dia més.

Habitualment, en un dia com aquest faria el mandrós i m'ajeuria i rodolaria per la neu. M'aixecaria dempeus o em quedaria ajagut i ben quiet, per deixar que el sol escalfés totes les parts del meu cos, tancaria els ulls i deixaria que la seva brillantor m'enlluernés, escoltaria atentament els sorolls callats dins de la quietud i no pensaria en res més que en allò que els meus sentits percebessin amb delicadesa. Però ja puc sentir l'espiral de la fam a l'estómac. I amb ella també em sobrevé una sobtada onada de por i de vergonya, i recordo què va passar ahir a la nit, la por que vaig tenir... Com vaig fugir turó amunt amb l'estómac buit.

Ara totes dues s'han ajuntat, la meva fam i la meva por, i sé que haig de menjar per evitar que la por s'escoli profundament dins meu i hi arreli, que se m'aferri i em faci caure com fa una planta enfiladissa amb un arbre. El que va passar ahir a la nit no es pot desfer. Va ser una sorpresa, sentir totes aquelles coses, però encara sóc viu i mentre tingui aquesta vida, per molt feble que em torni, continuaré endavant. Com que no hi ha res que pugui córrer més de pressa que jo, cap por ni cap record podrà seguir el meu pas, ni els camins que agafaré a partir d'ara.

I potser, també, em toparé amb el rastre fresc d'aquell home al bosc, a les profunditats del bosc, gairebé de nit, i ell estarà perdut i encegat i veurà formes a tot arreu corrent entre els arbres. Com ho espero, això. I per tant, començo a caminar, primer lentament, i noto com el cos se'm distendeix a mesura que avanço, una escalfor creix a dintre meu i s'estén fins a la punta de la meva cua, més càlida que el sol distant.

No hi ha cap raó per tenir por. Al bosc, entre els arbres, quan es mou tan ràpidament com ho faig jo ara, un llop no té por de cap home. He vist homes trampejar i obrir-se pas per entre els matolls, amb grunys que denoten un gran esforç, a vegades caient per terra, lluitant sorollosament contra la resistència d'arbustos i plantes espesses, o enfonsats en la neu profunda. Són cecs i no veuen els camins que agafo jo; no poden saltironejar per damunt del terra amb el pas d'un llop, amb aquell moviment que mai no acaba, com una ombra en la seva solitud, moviment que sovint només busca l'alegria del moviment, i que no té cap altre sentit ni propòsit. Aquests arbres de la meva llar, els homes els veuen com barreres, la neu la veuen com un obstacle, el fred cruel i el vent tallant són uns enemics... Però jo m'estimo totes aquestes coses perquè són les que em fan fort, mai no m'han enfonsat sinó que m'han empès endavant, com ho fan ara, lluny del record de l'home.

M'endinso més profundament en el bosc, cada cop més alerta a tot el que tinc al voltant, cada cop més distanciat de la nit anterior. Però cada cop que penso en el que va passar, una guspira de por em corre pel pit i m'atura l'alè. Mentre segueixo al trot, em forço a mi mateix a pensar-hi, a pensar en l'home al meu davant i en el meu convenciment que em mataria, i en el pànic de la meva carrera turó amunt. Em forço a mi mateix a recordar com si rosegués l'últim bocí d'un os, cada cop resistència, cada cop alguna cosa que se'n pot treure, però amb cada repetició una disminució, fins que gairebé ha desaparegut del tot. Potser la por que vaig sentir provenia tan sols de la sorpresa, del fet de ser desconeguda i nova.

Però l'home em va perdonar la vida? M'hauria pogut matar i va decidir no fer-ho? Estava dret al meu davant i abaixava la seva escopeta... Quan vaig relliscar va tenir totes les oportunitats que va voler i malgrat tot encara sóc aquí, encara trepitjo aquesta terra que ara no és res més que una taca mentre desvio la mirada cap al meu interior, mentre provo de digerir la buidor que sento quan penso que em podria haver mort però no ho va fer. Hauria hagut de saltar-li a la gola! L'hauria hagut d'esbudellar allà mateix per haver dubtat. Però no vaig poder. Potser ell sabia la por que m'havia ficat al cos i sabia que jo no podia fer res més que fugir. Potser per això no em va matar, no per perdonar-me la vida, sinó per burlar-se de mi. Molt bé, ara ja ho tinc après i no tindré por la pròxima vegada, quan ja no sigui tan nou.

Els arbres que broten grisos i esvelts del terra blanc sembla que em passen corrent pel costat, en comptes de ser jo qui corre. Llavors, mentre segueixo el camí que dóna la volta a un d'aquests arbres, és com si la neu saltés tot d'una al meu davant, i em sobresalto tant que la meva pròxima passa és més un salt enlaire que no pas un salt endavant, i això em fa retornar dels meus pensaments una altra vegada al món. I aquesta neu vivent tomba en ple aire i revela unes potes llargues i unes orelles llargues i després la llambregada d'un ull molt espantat.

Una llebre!, penso, mentre la forma es recargola lentament davant meu, amb el seu cos blanc pur sostingut per l'espessor de l'aire fred, amb les potes entortolligades però que ja es desfan quan és a punt de tocar a terra. Amb la boca oberta em llanço cap endavant per enxampar-la, però m'he sobresaltat i he vacil·lat, i llavors la llebre ja ha aterrat i ha saltat cap a l'altra banda, i les meves dents es tanquen de cop sense res entremig. Ara la llebre salta endavant i comença la fugida i jo li vaig al darrere, tots els meus pensaments s'esvaeixen quan les meves plantes colpegen la neu cruixent, la meva fam i el meu cansament s'esfumen, substituïts tot d'una per la total alegria del meu objectiu.

Davant meu la llebre corre a un galop ras i equilibrat i jo la segueixo de prop, no veig res tret de la seva forma blanca que zigzagueja per damunt del llençol que cobreix el terra, que tomba amb tota la gràcia, que salta magníficament cap amunt i cap a un costat per escapar de les meves mandíbules que es tanquen amb un clac precís per damunt del soroll de la neu trepitjada. Segueixo i em guien, em guia la vida vibrant que tinc davant meu, la vida que he donat. Correm i saltem junts sota la llum groga damunt la neu només per un instant... O durant més de mig dia, cap dels dos no ho sabrà fins que tot s'acabi, però ara en som a l'interior, a l'interior d'alguna cosa que és sencera i que conté el bosc i la profunditat del terra dessota. La llebre podria fugir i en té una bona possibilitat perquè, afeblit com estic, em canso, i si aconsegueix fugir aquesta nit dormirà profundament sabent que avui ha viscut, sabent que avui un llop ha seguit els seus bellíssims moviments, els seus salts i els seus viratges sobtats i que ella, la llebre, ha fugit de mi i no ha estat caçada.

Però en un dels seus viratges forçats la llebre ensopega, un peu petit i blanc rellisca cap enfora sense poder-se arrapar al terra, i tot el seu cos es precipita contra el terra per culpa d'aquest error. Quan la forma blanca es trabuca i rodola per la neu, sento un llampec de pena per la seva caiguda: la tristor marginal que provoca per un instant la fi de tota persecució, sigui per l'impacte aparatós de la bèstia esgarrapada i amb els tendons seccionats o, com ara, per un pas en fals després d'haver-ne fet tants de ràpids i segurs. Però aquest moment dura poc i ja ha acabat quan travesso l'aire, quan salto tot sabent que ara la llebre no podrà esquitllar-se cap enlloc, mentre veig com rodola i com es baralla, sense poder fer res, contra l'aire i la neu.

Aterro amb les potes del davant, que s'aferren a la llebre i l'enfonsen violentament al terra, i quan li acosto les mandíbules veig el seu ull menut i negre, que em mira amb terror i comprensió, tot l'esperit de la seva carrera veloç substituït per un consentiment dèbil i odiós, la docilitat emboira allò on abans només hi havia desafiament, i sense dubtar gens les meves mandíbules es precipiten endavant... Noto el cruixit d'ossos menuts... I llavors la llebre queda allà estesa, immòbil.

Menjo tranquil·lament; no tinc cap germà amb qui competir i no hi ha animal que s'atreveixi a provar de prendre'm l'aliment. Ni tan sols no em capfico per la molèstia que ocasionen els corbs negres, que habitualment observen com menjo des de les branques altes dels arbres, grallant els uns als altres. El bosc és tan buit que fins i tot els corbs no hi són avui, i a més, amb una presa tan petita com aquesta tampoc no els quedaria res. Només amb unes quantes queixalades n'hi ha prou per fer desaparèixer el terrible rosec de la fam de tants dies, i la resta la mastego lentament, sense voler córrer, fins al moment en el qual només en quedarà un mos, i llavors res. Els ossos més grossos de la llebre són fàcils de trencar i aviat no en queda res més que una taca vermella al terra blanc, una taca carregada encara d'una olor que jo ensumo somiador com si encara quedés carn per menjar.

El sol encara brilla en un cel gairebé sense núvols i m'imagino la seva escalfor mentre m'estiro i rodolo per la neu, alleujat d'haver-me deslliurat a la fi de la fam, agraït que de moment, si més no, no em calgui continuar a la recerca desesperada de menjar. M'alço, m'espolso la neu que se m'ha enganxat al pèl, i després de vagarejar mandrosament trobo un lloc on reposar. Dono una volta i m'enfonso, m'ajec amb la cua cargolada al damunt del cap, veig la lluentor del sol a través dels ulls clucs, no sento ben res als arbres que m'envolten i noto com els primers rajos d'aquesta meravellosa escalfor em travessen la capa de pèl per arribar-me a la pell, mentre jec sense pensar en res i em deixo perdre delicadament, endut per la son.

5

El sol s'ha mogut dalt del cel i em trobo a l'ombra quan el son s'acaba i m'empeny un altre cop al món. Glaçat, m'estiro i m'alço i noto com un vent fresc s'arrossega pel terra per endur-se la calma de la tarda. Al cel, els núvols s'apleguen i queda molt poc blau, la llum groga de la tarda ha quedat substituïda gairebé a tot arreu pel gris, molt més familiar, i allà on encara queda llum del sol, es belluga entre els núvols canviants, en claps que s'esvaeixen i desapareixen, i que reapareixen i s'esvaeixen en una altra banda.

La temperatura cau i ja torno a tenir gana. És com si la llebre, la llum del sol, l'escalfor i la satisfacció d'abans no haguessin existit mai. El seu record no té cap valor comparat amb el que sento ara: afamat un altre cop, patint pels meus músculs cada cop més prims, cansat però sense cap altra elecció que continuar endavant.

Les coses són així, després de caçar una presa petita. A l'hivern visc amb la fam gairebé constantment —aquest hivern més que mai— i m'hi acostumo fins que menjo i em desapareix i tan sols llavors, quan ja no hi és, pateixo pel seu retorn. Però sempre ha estat igual. Una llebre és massa poca cosa i aviat torno a tenir gana, mentre que amb una bèstia sempre menjo massa i m'afarto fins que tinc la impressió que no voldré tornar a menjar mai més.

Què no donaria jo per poder devorar una bèstia enmig de la calor de ple estiu! Ara, glaçat i afamat, em deleixo per la seva abundància. Però els dies calorosos d'estiu, quan la calor és indefugible fins i tot a l'ombra dels arbres més alts, em deleixo per la frescor llunyana de l'hivern. La meva naturalesa —al contrari que la del cérvol o l'ovella, que pasturen mansament i roseguen la seva herba delicada— és vagarejar sempre entre tenir-ne massa i no tenir-ne prou.

Torno a caminar per entre els arbres, escoltant els meus músculs, buscant en els moviments del meu cos la força extra que m'ha donat la vida de la llebre. Ha estat un àpat petit, unes quantes queixalades, potser una mica més que si m'hagués menjat la meva pròpia cua, però el tinc a dintre: aquella carrera, aquells salts i moviments ràpids, i a la fi la sang dolça i els ossos cruixents. Potser la meva vista és més aguda, ara, les meves passes més ràpides i lleugeres, de manera que la pròxima presa que topi amb mi tindrà menys possibilitats que abans.

I això també m'ho estimo: el gris d'un dia normal d'hivern, la foscor creixent d'un cel tapat, la neu que amenaça de caure mentre trepitjo el terra blanc i esmorteït, mentre vaig cap amunt a mesura que creix el desnivell, cada cop més enlaire fins que els boscos i valls apareixen tot al voltant de la meva vista, enfonsats i distants, grisosos pel final del dia. El terra s'aplana lleugerament i m'afanyo, i aviat sóc al cim del turó, la terra al meu voltant s'allarga indistintament cap a l'horitzó distant, els turons i les valls són un mar ondulat de pal·lidesa mancada de vida. Més lluny, els núvols encara són trencats, el sol els travessa amb barres espesses de llum que formen bassals resplendents enmig de la foscor, però que no poden donar cap mena de vida a la terra, esclafada amb tanta brutalitat per aquest hivern.

A la primavera i a l'estiu tot això és verd i blau i clapejat amb els colors brillants de les flors, i tot és viu i es belluga i no té por de deixar-se veure. Però ara tot s'amaga, com si la terra mateixa hagués amagat el cap sota l'ala, com un ocell, per evitar que l'hivern l'espiï, per assegurar-se que ella mateixa tampoc no pot veure res. Miro cap als milers d'arbres que tinc al dessota, troncs grisos tacats de blanc que surten com estaques de la terra blanca, i penso en la vida esmorteïda que tenen tancada tan profundament al seu interior, amb l'esperança de veure una llambregada d'alguna altra cosa a través de les seves branques que pogués trair qualsevol mena de moviment.

Em quedo allà on sóc, mirant-me el bosc, molta estona. Quan aixeco la vista cap a l'horitzó, veig que els bassals de llum del sol s'han retirat fins a ser tan sols uns puntets grocs en la llunyania. No he vist res que es bellugués, i acoto el cap, amb el coll adolorit i cansat, i la buidor que hi ha als meus peus sembla com si em ressonés dins del cap: l'enrenou d'una altra tàctica inútil per trobar menjar. Ràpidament, sento l'impuls de tirar endavant, de ser en un lloc diferent d'aquí, on hi pugui haver vida. Miro cap al lloc on sé que hi ha un camí que passa entre els arbres de baix i aixeco una pota per dirigir-me cap allà i deixar enrere el cim d'aquell turó, i justament quan la pota es comença a moure cap endavant, veig com una branca cau d'un arbre i cau silenciosament a terra.

M'aturo, fascinat pel moviment. Després d'haver estat tanta estona contemplant aquella quietud total, quedo bocabadat, astorat que hagi passat alguna cosa, encara que només hagi estat una altra branca trencada, una de moltes i res d'important. Però per un moment, no en puc apartar la vista. El meu desig de trobar alguna cosa que no sigui un no-res és tan fort que no me'n puc desenganxar, la pota encara em penja en angle, torna a terra tan lentament com lentament vagaregen els meus pensaments al voltant del que han vist. I llavors, encara enmig del meu somieig, veig com la branca torna a flotar cap enlaire, queda allà suspesa un instant, i llavors s'enganxa a un altre arbre.

Tanco la boca i aixeco el cap amb un moviment ràpid i precís, apunto les orelles cap endavant i les fixo, igual que els meus ulls, sobre aquesta branca nova i estranya. I quan ha caigut, ho ha fet en silenci, oi que sí? No és pas tan lluny que no se n'hagués pogut sentir l'impacte, i per tant ara estic ple de sospites, alerta, delerós, el cor em batega amb força dins del pit. Tota la meva atenció es concentra en la branca, o en el lloc on m'ha semblat veure-la aparèixer. Tan fixa està la meva mirada que és com si tot el que veig ballés i rellisqués al meu voltant. Llavors alguna cosa torna a caure a terra, però en comptes de caure puja enlaire en l'últim moment per enganxar-se a un altre arbre; veig ales que s'estenen per equilibrar l'aterratge, com es gronxa amunt i avall la branca prima que rep el pes novell d'aquesta nevada negra i emplomada.

Un corb. Carronyers emprenyadors; burles inintel·ligibles que baixen dels arbres mentre esperen allà dalt les engrunes que jo arribi a deixar. I passa com amb els peixos al riu: quan en veus un, la resta apareixen com si de sobte els haguessin deixat al descobert, i ara en puc veure un munt, petits objectes negres i brillants entre les branques, que es mouen silenciosament d'un arbre a l'altre, que es mouen en grup, alhora, que es dirigeixen cap a alguna cosa. Flexiono les potes del darrere i em llanço turó avall, rellisco per la vessant costeruda coberta de neu, que és indulgent i em deixa precipitar-me de cap en direcció al bosc, cap al lloc on es dirigeixen els ocells.

Arribo a terreny més pla i recupero l'equilibri, centro les potes dessota meu i allargo les meves gambades fins arribar a un galop llarg i fàcil. No estic seguint una bèstia ni una llebre, sinó una expectativa, l'expectativa que el moviment concertat dels corbs vulgui dir que segueixen alguna cosa, i encara que només és una possibilitat i no n'hi ha prou perquè m'ompli la boca de saliva, és una possibilitat prou important perquè el meu cansament es perdi enmig de l'excitació. Potser segueixen una llebre, o fins i tot un cérvol! Quina força em donaria un cérvol... Podria estar-me dies sense haver de tornar a menjar!

Mentre em dirigeixo cap a res en concret, imagino la perfecció del cérvol que podria trontollar sense esma davant meu: els meravellosos sabors, les textures de la carn sucosa, les olors que restarien a la neu ensangonada i la bellíssima profunditat, com la d'un llac, de dos ulls de color marró i la seva última espurna de vida. Aquest pensament esdevé tan poderós com una sensació, i corro més de pressa, convençut que això que somio és cert, i tan clar que per força ha d'existir allà al meu davant, entre els arbres.

Quan sento que un dels corbs gralla a prop, redueixo la marxa a un trot silenciós. No puc haver recorregut encara prou distància per trobar-me enmig d'ells, però dec haver arribat als límits de la zona que ocupen, i per tant la meva mirada apunta cap a les branques damunt meu, a la recerca de les seves formes brillants. Franges baixes i obliqües de la llum groga del sol freguen les meves alenades i en fan núvols daurats que jo travesso i deixo enrere, la llum m'enlluerna directament i em fa difícil poder veure res. Però llavors veig un dels ocells, no pas al cim dels arbres sinó tranquil·lament repenjat en una branca baixa, d'esquena, fins que alça el vol ràpidament amb un aleteig per dirigir-se cap al grall d'un altre corb, més endavant.

El segueixo amb un trot ràpid que s'alenteix quan veig un altre ocell. I no tan sols un, sinó un altre més endavant, i potser fins i tot un altre, tot i que des d'aquesta distància podria equivocar-me. Però aquestes tres formes dibuixen una línia, una línia tosca i torta davant meu que condueix cap a l'esdeveniment, i m'hi dirigeixo, començo silenciosament però aviat em precipito cap al primer ocell que em veu i xiscla des de dalt de l'arbre. Torna a xisclar quan ja

l'he deixat enrere, i a mesura que m'acosto al segon en puc veure un tercer i un quart, una línia que es desplega al meu davant més de pressa del que jo puc perseguir-la, i que em condueix cap a un sot, i després em fa pujar un petit turó, i a l'altra banda hi sento el soroll horrorós de moltes ales, de xiscles i de la fúria d'un munt de criatures petites.

Arribo al capdamunt del turó i veig al meu dessota una massa d'ales negres i becs que cauen al damunt d'alguna cosa, que descendeixen per torns per picar i ferir a la seva presa abans de retirar-se un cop més cap a les branques dels arbres. Alguns corbs m'han vist aturat dalt del turó i xisclen de por, però els altres no s'adonen dels seus crits... Els altres estan massa lliurats a la cacera per pensar en res més. Dubto, perquè em pregunto què ataquen. És massa gros per ser una llebre —a més, els claps de pèl que veig entre les ales negres són vermells o marrons, no pas blancs—, però és massa petit per ser un cérvol, fins i tot una cria de cérvol, i la temporada de les cries fa temps que ha passat. Cada cop que l'animal lluita per recuperar peu i fer unes quantes passes vacil·lants, els corbs s'hi abraonen i l'abaten contra el terra, cauen al seu damunt com infinites onades que l'empenyen i el fan caure a la neu.

Però ara hi ha més ocells que s'han adonat que jo baixo cautelosament del turó en direcció cap a la turba, i amb menys ocells atacants, la seva presa va quedant al descobert, el seu cos es fa visible al darrere d'aquelles formes negres com un cel vermell que emergeix dels núvols de pluja, un cap amb les dents al descobert apareix, amb unes orelles punxegudes que estan estripades i que sagnen, i després una cua amb la punta blanca, i un cos petit molt semblant al meu, però perforat i ensangonat per les ferides que li han causat els becs dels corbs.

No és pas un cérvol, sinó una guineu!... Me n'adono amb un sobresalt. Què és aquesta perversió, que els corbs cacin una guineu, un predador com jo? Si jo m'afeblís encara més, s'atrevirien també a caçar-me? Tan sols en un hivern com aquest poden fer-se realitat coses com aquesta! El meu fracassat intent de prendre una ovella a l'home; corbs que s'apleguen per matar una guineu. És aquest hivern brutal i l'ombra constant de la fam, el que m'ha forçat a anar en contra de la meva naturalesa... Aquests ocells també deuen estar morts de gana, per decidir-se a caçar una guineu i anar en contra de la seva.

Jo m'esperava trobar un àpat i en comptes d'això m'ofereixen una guineu, un simple competidor que cal matar i que donarà ben poca satisfacció al meu estómac. Dubto un moment, distret per la decepció i pel canvi de la situació. Llavors em llanço a tota velocitat turó avall, cada ferida que fan les meves potes a la crosta de neu m'atia la ràbia, tant d'esforç que ara és inútil, i que em ve forçat en comptes de desitjat. Haig de matar la guineu per evitar que no caci mai alguna cosa que podria haver caçat jo, i mentre corro cap al desgavell d'ales i plomes que casti-

guen el petit predador, sento com la fúria bull dintre meu pel fet que la guineu sigui aquí, al meu territori, i pitjor encara, que la seva presència aquí m'hagi fet somiar, m'hagi fet tenir una fantasia sobre una cosa que ni tan sols no existeix; vet aquí al descobert fins a quin punt m'he tornat dèbil i insensat.

Els corbs em deuen haver sentit venir, perquè alcen tots el vol de damunt la guineu, com un núvol negre que xiscla tot ell. Però em moc tan de pressa que salto per l'aire i tanco les mandíbules al damunt dels cossos que aletegen però que són massa lents per poder fugir a temps, i noto que els seus ossos fràgils es trenquen com gel prim quan esclafo primer un ocell i després un altre. Quan aterro, el meu pit colpeja el flanc de la guineu i l'envia d'esquena pels aires, rodolant i fent tombarelles damunt la neu. S'atura i gira el cap, amb els ulls esbatanats de terror i sorpresa, mentre alça només una pota en un intent inútil d'aturar la meva envestida. Torno a saltar i caic al damunt del seu cos, que es recargola de costat al terra, a mitges per escudar-se i a mitges en senyal de submissió; l'immobilitzo amb les meves urpes i de seguida tinc la seva gola entre les dents.

Sota el meu pes, la guineu queda del tot immòbil, es lliura totalment, no ofereix cap resistència, no lluita gens. Tanco un xic les mandíbules i noto com la carn fibrosa del seu coll es tensa instintivament, però ni es belluga ni mou cap pota, queda totalment submisa i immòbil, sap que qualsevol intent de lluita només aconseguiria que jo augmentés la pressió i l'asfixiés. La mantinc així, sento com la seva respiració li xiula per entre les dents serrades i els narius escumejants, i llavors, ràpidament, l'escupo i tombo el cap amb les dents al descobert per acostar-lo al seu, que em mira des de baix amb un ull verd terroritzat.

Aquest ull suplica clemència. Com tots, com han fet tots aquells al damunt dels quals m'he alçat i sobre els quals he descarregat el meu alè, mentre n'admirava el sofriment. Però els pensaments d'ella són més forts, el seu significat més clar, perquè és un predador com jo i malgrat que som enemics aferrissats compartim alguna cosa, encara que només sigui alguna cosa en contra l'un de l'altre, o en contra de l'home, que té uns ulls que no revelen altra cosa que un desgavell; una vegada ho vaig veure, inesperadament, des de lluny, quan ells em van tornar la mirada a través dels arbres, un desgavell incomprensible de pensaments que eixordaven i confonien, mentre que l'home, allà dret i sense moure's, astorat per la meva presència, tan sols va reconèixer en mi la diferència entre nosaltres.

Aquesta guineu té a l'ull alguna cosa més que una súplica. M'està mostrant alguna cosa, em dóna alguna cosa que no em vol donar però que ha d'oferir quan s'enfronta a la mort al seu davant, i un cop més dubto, sembla com si el bosc tremolés i es desdibuixés al meu voltant, la guineu em suplica per la seva vida i em xucla amb el poder de la seva desesperació. I jo m'hauria de sorprendre, quan el verd del seu ull sembla convertir-se en el verd de la primavera mateixa, i els seus pensaments en el vent càlid de després de l'hivern, carregat de possibilitats. Però són previsibles en els seus ardits, aquestes criatures, i decideixo no matar-la encara per poder gaudir de les seves últimes i bellíssimes mentides. I potser ablaniré la meva mirada i afluixaré la pressió de les meves potes, perquè es pensi que té èxit. Però quan jo vegi que l'esperança li guspireja a l'interior d'aquella pedreta verda i resplendent que té incrustada al cap, llavors la mataré.

6

Noto les costelles de la guineu sota les meves urpes, una petita gàbia on hi ha tancada la seva vida, i que probablement podria esclafar si continués pressionant. Quan respira, empenyo cap avall per dificultar-ho, per fer-li saber que la seva vida s'ha acabat i que podria esclafar-l'hi lentament en comptes de segar-la amb una llambregada dels meus ullals que li obrís la gola. Però malgrat tot, m'aguanta la mirada, el seu ull verd em guspireja, els seus pensaments es despleguen allà darrere amb tanta rapidesa que començo a sentir-me confús, marejat per la seva velocitat i la seva densitat.

Em mostra un cérvol prim i vacil·lant que cau a terra, sense gens de vida als ulls. Em mostra el cadàver podrit, glaçat, d'una bèstia, i un altre individu de la seva espècie que li devora cobdiciosament les entranyes. Em mostra la terra d'on prové —una gran planura de neu i roca, sense vida, erma, despullada fins i tot d'arbres— i junts ens hi desplacem, ella em guia a través dels seus ulls i cap als seus records i tot d'una som a ple estiu, tots dos a la vora d'un llac amb les tiges verdes de totes les plantes fregant-nos les barbetes i les panxes; els arbres s'alcen damunt nostre, més carregats amb la vida de les seves fulles del que mai ho estan amb el pes de la neu, i contemplem la superfície d'or, llisa i perfecta, de l'aigua, i al seu bell mig hi ha un ocell blanc, un ocell enorme amb coll i ala ben disposats, i que es mou per la superfície com ho faria la superfície mateixa. I quan veig això se m'omple el pit de sang, cada batec del meu cor sembla que no fa altra cosa que donar-me més vida per poder continuar gaudint de la brillantor de les mentides de la guineu.

Sí, molt boniques, penso, i pressiono més fort el seu pit. Ara ha de lluitar de debò per cada alenada que fa, i penso que ho acabaré d'aquesta manera, que en qualsevol moment sentiré un espetec al dessota de les meves potes i que contemplaré com es recargola mentre les estelles dels seus ossos i la seva vida s'enfonsen en la neu. Però fins i tot ara el seu ull està tranquil mentre suplica, els seus pensaments ja no volen d'una banda a l'altra, i el que fan és ensenyar-me un núvol... O potser és neu? Neu amb la forma d'alguna cosa viva, i per fingir interès aixeco una mica la pota del seu pit. La guineu xucla afamada l'aire i els seus pensaments es fan de sobte més clars: em torna a mostrar l'ocell, el del llac d'estiu, però ara mort i impossiblement gros en la mort, una massa blanca estesa al damunt d'un terra encara més blanc, com una ofrena.

Per un instant aparto la mirada de l'ull de la guineu. Noto un pessigolleig d'emoció a les espatlles. Quan em torno a mirar la guineu, ella ja ha vist que l'he entesa, que sé que m'ofereix un àpat, aquest ocell blanc a canvi de la seva vida. Quin cosinet més espavilat, aquest meu enemic! M'ofereixes el que més necessito, m'ensenyes aquest ocell, aquest cigne, no pas un ocell normal i corrent sinó un que és gros i poderós: i allà on hi ha poder, hi ha múscul, carn que em podria omplir l'estómac molts de dies! La guineu encara em mira mentre jo penso aquestes coses, i veig una llambregada de traïció que li balla a l'ull, una traïció no pas en contra meu sinó d'alguna altra cosa, alguna cosa amagada o desconeguda.

Deu haver enterrat l'ocell! Com més intensament miro els seus pensaments, menys capaç és d'amagar-los, i amb un deler creixent començo a veure-la excavar a la neu, un forat profund prou gran perquè ella i un altre s'hi poguessin amagar amb facilitat. Havia esperat allunyar-me d'aquí només amb la promesa del cigne, però li he arrencat del pensament que l'ocell està enterrat, i la traïció que he vist no és en contra meva sinó en contra de la seva pròpia supervivència!

Sí, deu estar a punt de morir de fam. Malgrat la pressió que exerceixo sobre ella, encara pensava que podria fugir de mi i retornar a aquest banquet, sigui on sigui, per desenterrar-lo i salvar-se. Guineu valenta, t'admiro!... Però encara admiro més la teva mort, perquè tu em portaràs fins al cigne i jo menjaré i tu moriràs de fam. Jo en seré l'executor, però no necessàriament ho seran les meves mandíbules; però això no l'hi mostro pas, li mostro que ella em guiarà i que jo la seguiré, i que si prova de fugir l'abatré i l'esbudellaré. Li mostro això i després alço la pota del seu flanc.

Ella em mira nerviosament i rodola amb lentitud fins a quedar bocaterrosa, i llavors clava les potes a la neu i,

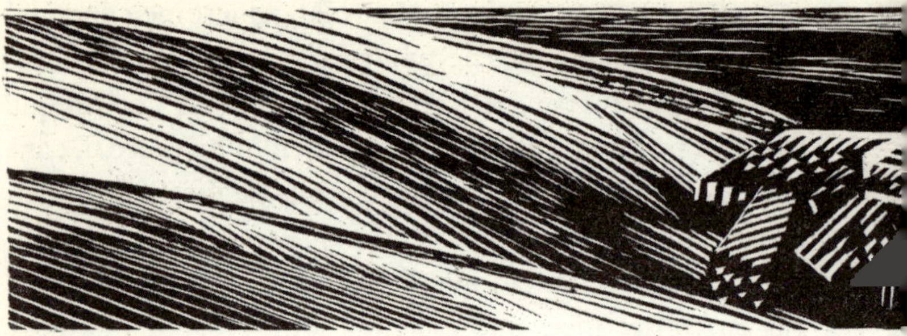

tot tremolant, es comença a aixecar. Mira cap a una altra banda i jo contemplo com malda per alçar-se, com empeny amb les potes per allunyar el seu cos magre de la neu que està esquitxada amb la seva sang. Llavors la tinc dreta al meu davant, menuda i patètica, amb els ulls malaurats clavats a l'espai —un espai on no em veu a mi— i tota l'estona tremola i s'esgarrifa amb uns espasmes que li recorren el cos des del cap fins a les potes primes.

Gira el cap en la meva direcció, però lentament, com si l'aire fred que hi ha entre nosaltres fos sòlid i espès. Però a la fi els seus ulls es troben amb els meus, i allà no hi veig cap altra cosa que derrota: hi ha tanta pèrdua i infortuni en la seva mirada que per un instant penso que la mataré, i faig un pas ràpid endavant, ensenyant totes les dents, només amb el desig d'apagar la vida d'aquells ulls. Però l'espiral de fam dins del meu estómac, la promesa de l'àpat enterrat, m'atura, i l'única cosa que faig és mirar-me la guineu que torna a caure a terra quan ensopega amb les seves pròpies potes, després de provar d'esquitllar-se cap a una banda. M'acosto fins just al seu damunt, les meves dents gairebé li toquen l'ull, els dolls del meu alè furiós la fan encongir. Però, més calmat, faig un pas enrere per allunyar-me d'ella.

Torna a rodolar per aixecar-se i llavors em mira, i en aquest instant es fa el pacte entre nosaltres: ella em portarà fins a l'ocell, em portarà fins on hi ha enterrat aquest cigne, i fins llavors la seva única alternativa és la mort.

Amb això entès entre tots dos, ella s'aixeca. Està dèbil —molt més dèbil que jo— i deixo que es mengi un dels corbs que hi ha migpartits a terra, al meu darrere, mentre jo em menjo l'altre, un cos prim i sense carn, un àpat que en altres circumstàncies mastegaria amb disgust, però ara tinc tanta gana que me l'empasso agraït, amb voracitat. És estrany, menjar en companyia d'un altre, amb algú que s'assembla tant als meus, després de tant de temps de menjar sol, i sobretot de no menjar. Llavors, amb una sola mirada, li ordeno que comenci a guiar-me, i ella mira enrere i assenteix completament amb els ulls esmorteïts, tomba cap a una banda abans de començar-se a moure amb passes cauteloses.

Segueixo el pas ranquejant de la guineu, que aviat s'alleugera i es converteix en una marxa sense esforç, una marxa tan fàcil com la meva darrere seu, capaç de cobrir qualsevol distància, i que cap home podria seguir. La tarda s'ha enfosquit i el gris del cel es fa més profund, i la neu ens cau a l'esquena mentre travessem plegats els arbres amb petjades silencioses. La tarda encara s'enfosqueix més, i el terra cobert de neu sembla més il·luminat que no pas el cel ennegrit, i amb aquella penombra la guineu i jo, l'un al darrere de l'altre, notem plegats el moment silenciós abans que el bosc esdevingui una altra nit d'hivern, l'espai en el qual tot està quiet, quan totes les coses semblen lligades entre elles, indivisibles. Però nosaltres som enemics, competidors, l'un és l'esclau de l'altre, i no ens molestem a compartir ni una mirada ni un senyal, i continuem el nostre moviment, junts per un instant, però unes quantes passes després, dividits un altre cop.

La guineu comença a guiar-me per camins que no conec, alguns dels quals són incòmodes i no gaire fàcils per a la meva forma més corpulenta: branques tan baixes que haig d'arrossegar la panxa per terra per poder-hi passar per sota, i passatges tan minsos que les branques dels arbustos i els arbres caiguts m'esgarrapen els flancs. Em pregunto si no ho fa expressament, amb l'esperança que jo quedi tan embolicat o travat en alguna cosa que ella tingui l'oportunitat de fugir. Però no mira enrere ni una sola vegada, i en el seu posat, dins de la lleugeresa de les seves passes que la fan avançar ràpidament, encara hi pesa feixuga la derrota, i m'adono que no tinc pas por que provi de fugir, de moment.

Quan ja s'ha fet del tot de nit, no estic segur de en quina part del bosc som. Però mentre continuem endavant, començo a reconèixer un altre cop el que m'envolta. No passem pels camins i rutes que conec, però senyals inconfusibles als arbres i a les olors em donen una noció vaga d'on som, em diuen que hem traçat un arc llarg i tancat que ara s'acosta perillosament al lloc on jo era la nit passada, al lloc on hi ha les ovelles... Les ovelles pudents de les quals no en vaig poder treure ni una sola mossegada. Ho trobo molest, que la ruta de la guineu hagi de passar tan a prop de la ferida oberta d'uns records tan recents.

De tota manera... És una vall molt gran i ocupa una part important dels límits del territori que jo conec, per tant no és sorprenent que en algun punt ens hi acostem. I llavors se m'acut que potser la guineu sap què va passar ahir a la nit. Em miro la guineu amb sospita i em pregunto si actua intencionadament, si està al corrent de la por vergonyosa que vaig sentir i que ara noto com torna a créixer dintre meu. Potser ho ha vist als meus ulls quan la tenia estassada a terra, o en un moment de ràbia, quan no ho he pogut amagar, i potser ara em porta cap aquí en un intent d'espantar-me i aprofitar-ho en benefici seu.

Però no ho pot saber! He estat jo el que ha pres d'ella, jo no he revelat res. Em sento inquiet perquè som a prop del lloc, res més. Hauria de sentir-me inquiet..., hauria de sentir aquest horrorós nerviosisme, que creix amb cada passa que faig per aquest camí estret i tortuós? Se'n riurien de mi, els meus, i sentirien fàstic, si sabessin el que sento, o sentirien ells el mateix? Potser ja m'haurien rebutjat si hagués tornat amb ells ahir a la nit tal com estava, amb l'olor esmorteïda de l'home a les meves plantes i amb la lluor més brillant de la por als ulls. Però els meus no són per aquí i encara no ho saben i si menjo bé i torno a fer-me fort, ben segur que jo també ho oblidaré.

Haig de seguir aquesta guineu, doncs.

Encara som força lluny de la vall, i no hi hauria d'haver cap raó per tenir por, però els homes vagaregen amunt i avall pels seus territoris, i ara descobreixo que estic desitjant no ensumar el seu rastre, que ja començo a témer... I això m'avergonyeix. Vaig fugir d'ell, no? Sí... Però malgrat tot, vaig tenir por, i tant és si vaig sobreviure quan l'home m'hauria pogut matar: la por que vaig sentir, nova i fora del meu control, se m'ha quedat a dintre i ara em crema al pit mentre em barallo per dominar-la, per ferla fora. I com si respongués a la meva lluita silenciosa darrere seu, la guineu em fa sortir del camí que seguim, ens allunyem de les branques glaçades que m'han esgarrapat els flancs, i trepitgem la neu compacta d'un camí més ample. Comença a seguir-lo i mira enrere un cop abans de continuar endavant, i tot d'una estic convençut que la nostra ruta serpentejant acabarà en una línia directa cap al cau de l'home, perquè sé que aquest camí que ara seguim no porta enlloc més.

La terra comença a enfilar-se cap a un turó petit, un turó diferent del d'ahir a la nit però que dóna a la mateixa vall. Tot és el mateix, tot és com hauria de ser... La massa fosca d'arbres a tot el voltant, la fermesa freda del terra, l'aire pur de l'hivern damunt del qual les olors i els sorolls del bosc rellisquen com damunt d'una capa de gel. La nit abans també vaig sentir tot això, vaig sentir com degotava dins del meu cos i els meus pensaments, com em donava força, com m'alterava només fins al punt on jo ho permetia. Però ara m'hi aferro, a aquestes coses. Amb horror, m'adono que m'hi aferro perquè són el present: la forma de la branca d'un arbre, l'olor d'una fulla al descobert, el soroll de la meva pota quan trepitja la neu dura, totes aquestes coses formen part d'aquest camí, d'aquest moment, abans no m'arrosseguin cap endavant, cap allò que temo. Haig d'utilitzar-les contra aquesta tremolor nerviosa que em sacseja el pit i les cames, que em faria petar les dents si no les tingués ben serrades.

Podria aturar la guineu i exigir-li que seguíssim una altra ruta. Però si ho fes, si ara hagués d'enfrontar-me als seus ulls, sens dubte s'adonaria on pot aconseguir la llibertat, veuria les meves pors i jo potser no podria amagar que si ella arrenqués a córrer directament cap a la vall, cap a la granja... Si ho fes desafiadorament i amb el cap ben alt, si ho fes deixant-me ben clar que ho feia perquè sabia que jo tenia por... Jo seria incapaç de seguir-la. Ben segur que podria fugir, si veiés aquestes coses! Per tant no puc aturar-la i el que haig de fer és aferrar-me a tot el que tinc al meu voltant, a aquestes coses que tan sols em poden recordar que encara no hem arribat a la vall.

Encara que provo de controlar els rius glaçats que em corren per dintre, el meu cos està tens i incòmode mentre segueixo aquest caçador més petit que jo, i agraeixo que no miri enrere. Continuem pujant, i per damunt d'ella, per damunt de la corba del seu cap, per entre les puntes de les seves orelles, puc veure la negror oberta d'allà on acaben els arbres, on la vall ha de començar, i encara que la por i la inquietud em claven tantes mossegades que fins i tot em sento malalt, continuo endavant, sense saber ni tan sols si és la meva voluntat qui dicta les meves passes.

I llavors la guineu s'atura allà al davant. No mira enrere sinó al seu davant i cap avall, i jo arribo al cim del turó, al seu costat, amb el bosc per damunt i al darrere nostre, mentre que a baix, on mirem tots dos, la vall s'estén en la foscor com un llençol ondulat gris pàl·lid, oberta i nua, amb la granja instal·lada calladament al seu centre com un grapat de roques.

7

De cua d'ull, veig que la guineu s'ha girat per mirar-me. Ara haig d'anar amb compte; encara que tinc por, no n'haig de donar cap mostra, cap senyal que l'alliberi del seu pacte i li doni llibertat. La por mateixa puc notar-la com una cosa viva dintre meu, que empeny, que lluita per sortir a la superfície en contra de la meva voluntat, que vol mantenir-la enterrada. Els seus límits són indefinits i tous, com mossegar aigua, però la seva força és tan potent que si no la controlo estic segur que fluirà de mi mateix cap a la consciència de la guineu tan clarament com un riu. Faig una pausa, deixo que la meva mirada reposi al damunt de la granja, fingint que calculo la precisió de la seva forma abans de girar el cap, i fins i tot llavors els meus ulls continuen fixos en les parets altes de pedra i en les tanques de fusta fins que amb un moviment sobtat els tombo cap a un costat per fixar-los en els de la guineu.

Havia esperat veure-hi desafiament, una satisfacció amb prou feines dissimulada per haver-me portat fins a un lloc on jo tenia por. Però en comptes d'això, el que veig és que ella també té por —no tan sols té por sinó que està terroritzada—, i no prova d'amagar-ho sinó que sembla com si volgués mostrar-me amb tota la força que li és possible fins a quin punt hem de tenir por de l'home. Jo em miro la guineu, menuda i neguitosa al meu davant, clarament espantada, més espantada de l'home i de la granja aquí baix que no pas de mi, fins i tot, i és com si tota la meva angoixa hagués fugit de les meves espatlles i s'hagués aferrat a les seves per sacsejar-la com faria una àguila amb un peix.

I quan veig això noto com la meva por desapareix, un sobtat i meravellós despertar que em fa percebre altres coses que no són el terror: el bosc i la nit s'afanyen a omplir-me un altre cop els sentits, sentits que abans estaven embossats pel fang mentre jo m'aferrava al present, i que ara es tornaven a omplir d'olors brillants i d'excitació. L'alleujament m'aclapara! Com més me la miro, menys por sento, i me la miro llarga estona fins que tinc la impressió que ha desaparegut del tot, una feblesa del passat, una altra part estranya però passatgera d'aquest hivern.

La guineu mira un instant cap a l'altra banda de la vall abans que els seus ulls tornin a clavar-se en els meus. Vol arribar allà, al bosc de l'altra banda. Podríem travessar pel dret, però ella em mostra un camí estret i tortuós, molt llarg, que ressegueix la vora dels arbres. La seva por fa que em deixi veure la ruta, aquesta llarga marrada fins a l'altra banda, amb tanta claredat que seria capaç de trobar-la fins i tot sense ella. Llavors torna a mirar-se la granja, però només el fet de veure-la li agafa tanta por que no se la pot mirar gaire estona seguida.

I quan veig el seu terror em pregunto com ha estat possible que jo tingués por de l'home. Els meus ulls li diuen amb molta calma que no agafarem la ruta més llarga, i amb molta calma veig com creix la seva inquietud, cada tremolor del seu cap, cada parpelleig dels seus ulls fa augmentar el meu atreviment, alimenta la intrepidesa que tan sols unes passes més enrere jo havia cregut perduda del tot. L'home... L'home i el seu cau pudent i les seves ovelles fastigoses! Havia fugit d'ell, oi que sí? L'havia tingut prou a prop perquè m'ataqués, però no ho havia fet... Quina por havia de tenir, de l'home?

Ara la guineu em suplica que girem cua, però no té records que justifiquin la seva por, cap fugida, cap lluita, cap contacte amb la cosa que li fa tanta por, i l'únic que pot fer és pregar-me que agafem els camins de la seva preferència. Un cop i un altre prova de xuclar-me cap als seus pensaments, per mostrar-me les poques vegades que ha agafat amb tota seguretat aquesta ruta per tornar al seu territori. Però jo no faig res més que mirar-me-la, i fruir de la seva por. Estic cansat i afamat, però per damunt de tot estic excitat. Noto el terra sota les meves plantes no pas com una cosa morta i dura, sinó com una força que m'empeny enlaire, que demana a crits el meu moviment al seu damunt: sigui amb cautela, en persecució..., qualsevol cosa tret d'aquella immobilitat o del trot inacabable per camins estrets.

Faig un pas endavant, ràpid, i amb una llambregada encara més ràpida de les meves dents que els llavis negres em deixen al descobert, exigeixo a la guineu que travessem. Ella pot veure l'excitació que sento, que no provo d'amagar, el perill que representa per a la seva vida si no l'obeeix. Mira cap a la granja i després cap a mi una altra vegada, i potser només és perquè jo sóc el perill que té més a prop, que fa una passa temptativa cap al vessant del turó, lluny dels arbres, amb la pota ben enfonsada en el polsim de la neu.

La guineu avança lentament i quan ja ha fet unes quantes passes jo també abandono els arbres i trepitjo aquella agradable blanor, em moc fàcilment i amb llibertat turó avall, com si fos un turó qualsevol, a casa meva, com si no se li hagués de tenir por, com si no fos un obstacle. El nerviosisme m'estreny l'estómac, però no tinc por: noto la pressió de l'excitació a les potes i al coll, però ara ni m'asfixia ni em fa recular, sinó que és un poder que alimento amb compte, una força al meu interior que puc controlar i que sento com deu sentir un arbre jove el bressoleig de les seves branques flexibles sacsejades per les ràfegues de la brisa.

El vessant del turó s'acaba i comencem a trepitjar la planura de la vall, deixem la neu gruixuda enrere i encetem un terreny que les ovelles han petjat fins a deixar ben ferm. Hi ha la seva olor, i també la de l'home, però més fluixa i molt més vella, i penso que deu ser tan sols pel moviment de les meves potes i les de la guineu, que aquesta olor s'alça prou amunt en l'aire per poder arribar als nostres narius. Quedo astorat quan la torno a ensumar... M'havia pensat que mai no l'oblidaria, però fins i tot en el temps que va des de la passada nit fins aquesta, la seva estranyesa és com si fos del tot nova. I sí, tinc por quan torno a ensumar aquesta olor, el nerviosisme dintre meu es descabdella i es converteix en una cosa més perillosa, com la cua d'una serp al dessota de la meva pota, però amb unes quantes passes arribo al capdavall del seu cos llarg i relliscós, fins que tinc el seu cap i la seva amenaça amorrats amb força al terra. Tinc por, però només en tinc la suficient per estar alerta, per notar com el terra s'estén dessota meu en totes direccions.

La guineu també ensuma l'home i està terroritzada. El seu trot al meu davant es converteix periòdicament en un galop neguitós, i llavors torna a alentir-se, amb el cap convuls i les orelles crispades. Clavo amb força les potes i faig unes quantes gambades que em posen a la seva alçada, i llavors amb un lleuger moviment lateral i un cop sobtat de fúria, la faig caure de costat. Després, obedient, tranquil·litza el seu trot neguitós, redueix la marxa a un pas que jo igualo. Un cop apaivagat, la meva atenció es desvia de la guineu cap al turó que tenim al davant, i al capdamunt del qual el bosc torna a començar, però davant de tots dos, la granja també s'acosta cada cop més; no és pas directament al mig de la nostra ruta a través de la vall, però sí que és prou a prop com per semblar de sobte un perill adormit amb el son massa lleuger.

I llavors la guineu ja no és al meu costat. S'ha aturat completament i resta immòbil, i jo em giro enrere i també m'aturo. Els ulls se li han disparat en direcció als arbres del costat de la vall, i se'ls mira fixament i escolta amb atenció, el cap se li belluga com si s'esforcés per veure alguna cosa que ha captat la seva oïda. M'acosto lentament a la guineu, mentre noto que els inicis de la por em comencen a llepar com el vent fred que bufa damunt nostre. Miro cap als arbres que ella observa, però no puc veure res. Me la torno a mirar i busco al seu cos algun senyal d'engany, alguna arteria en el seu posat, però la seva alarma és tan propera i tan forta que no puc creure que sigui tan sols producte de l'astúcia. Ha de ser alguna cosa més.

Encara es mira els arbres, i m'ignora tot i que em té al seu costat, i l'única cosa que jo puc fer és mirar al mateix lloc on mira ella, estudiar les formes fosques damunt del terra pàl·lid per si hi veig algun moviment, i llavors, de sobte, el vent canvia i capto l'olor horrorosa de l'home... No pas la seva història dispersa per terra, sinó la seva olor calenta i viva, l'olor que fa que el cor em retroni i que la por, freda i calenta alhora, em comenci a pujar per les espatlles en direcció cap a la nuca.

La guineu també l'ensuma i s'agemoleix com si hagués sentit un tro. Em mira un instant i els seus ulls són por i una pregunta: si he vist l'home. Jo no li dic res i el que faig és examinar la vora dels arbres, i després tot el meu voltant, girant en cercle, tal com ara fa també la guineu: ella i jo, plegats, forcem els ulls i les orelles en totes direccions i no podem captar cap altra cosa que l'olor. Llavors la guineu, amb la panxa gairebé arran de terra i bellugant-se cap aquí i cap allà com si la sacsegés una galerna, ja no ho pot suportar més i sense donar cap importància al fet de no saber on és l'home, comença a córrer impulsada pel pànic, i es dirigeix tan ràpidament com pot cap a l'altra banda de la vall. Jo esclato al seu darrere, furiós que provi de fugir, enrabiat per la seva por i per la meva, i tot d'una no vull cap altra cosa que enfonsar les dents a la seva nuca.

M'hi acosto ràpidament, amb facilitat, i sento l'emoció de la meva velocitat i força superiors que m'empenyen cap a ella, i el desenllaç terrible d'aquesta persecució. Quina sensació més meravellosa, la de moure's així sense cap dubte, sinó tan sols amb un objectiu! I la por...

Dec haver-la deixat enrere, en els cercles que he dibuixat amb angoixa damunt la neu, perquè ara em torna a semblar passatgera i gens raonable, perquè quin mal em podria fer ara l'home, mentre corro d'aquesta manera, quin mal podria fer l'home a un ésser dotat d'aquesta velocitat i aquest equilibri? Res no s'atreviria a interposar-se entre la meva voluntat i les meves accions, no pas quan estan tan íntimament entrellaçades com ara —com un arbre amb la terra—, tan íntimament que quan enxampi la guineu la sensació de la mossegada serà inseparable del contacte amb el terra quan he fet la primera gambada per anar-hi al darrere.

Però alguna cosa espetega en l'aire... El so és nítid i ressona com si vingués de tot arreu... I llavors tot és una flamarada de brillantor... Tot es converteix en un dolor ardent, abrusador, que m'esclata de sobte al cap, un dolor que no s'assembla a cap altre que jo hagi sentit mai, una agonia que m'apunyala, que em crema, que em fa saltar pels aires. El meu cos no té pes, bellugo les potes sense cap efecte, el cap em xiscla amb furioses sensacions, faig tombarelles enmig de la llum, faig capgirells incontrolablement com si em recargolés al voltant de la tortura dins del meu cap, sense saber si m'alço o si caic fins que el terra se'm precipita al damunt i em roba l'alè i em deixa ajagut a la neu, astorat, esmorteït per la terrible cremor que m'estripa ulls i orelles.

Em moro... Em dec estar morint, penso, mentre jec aquí immòbil, sense sentir res tret del dolor dins del meu cap, no pas un pànic fred per una mort que potser em ronda, sinó tan sols el dolor, que ofega tota la resta de coses. Jec ben quiet i no noto res de més enllà, com si tot el que existeix fos a dintre meu, com si se m'haguessin endut de la vall i m'haguessin enfonsat profundament en la terra freda i fosca, on en el moment de la mort se'm condemna a patir per sempre més; se'm condemna a patir per tot el dolor que jo he infligit als altres. Potser la mort és això: un moment de mort inacabable, ple de l'agonia del cop de gràcia. Que potser tots els que jo he mort viuen encara amb les meves dents al voltant del coll, amb la sang brollant dels seus estómacs? Haig d'existir jo així, entre ells, recargolant-me a terra, sense sentir res més que dolor i sense pensar en res més que en el seu sofriment?

Procedent de la foscor i el silenci, un so s'acosta cap a mi, un soroll regular, un martelleig, i penso per un moment que és el meu cor, que batega el seu últim ritme. Però el soroll es fa cada cop més fort, alguna cosa s'acosta i m'adono que no escolto el meu interior, sinó que sento alguna cosa de l'exterior, un soroll que ve de la vall, del món dels vius i de la lluita, on jec immòbil però ara, tot d'una, despert i temorós. Petjades, m'adono, que vénen cap a mi. Petjades!... I tot d'una els meus sentits es desperten: veig el cel fosc al meu damunt, els milions de flocs de neu que cauen a tot arreu, inacabables i sense origen; ensumo l'olor odiada de l'home, forta i molt propera, i que es fa cada cop més forta a mesura que escolto les seves passes feixugues que trepitgen la neu en direcció cap a mi; ell, el vencedor, impassible, que ve a inspeccionar la seva obra.

És gairebé al meu damunt quan, sense elecció possible, sento com el meu instint espurneja i fa recargolar el meu cos fins que es dreça damunt la neu. Amb les potes clavades fermament, empenyo cap avall i m'alço entremig del dolor per posar-me dempeus al seu interior, de sobte, m'aixeco d'un salt davant de l'home, en un instant, i em giro fulminant per ensenyar-li el meu cap dret i fet malbé, cosa que el sorprèn, que el sobresalta, que l'espanta de tal manera que cau d'esquenes a la neu, la negra longitud de la seva escopeta se li escapa de la mà i descriu un arc, giravolta per damunt i per darrere seu.

Faig mitja volta i començo a córrer cap a la línia d'arbres més propera, trontollant de banda a banda, travessant una boira de llum i de dolor. Em penso que sentiré espetegar l'aire i que tornaré a rebre, però no se sent res i puc continuar endavant, ranquejant, a través d'un espai que en realitat no veig sinó que tan sols percebo i que sé que és el terra dessota les meves potes; llargues estelles de dolor blanc i groc surten de la foscor, estelles tan esmolades i dures com el gel, que haig de travessar per poder abandonar la vall i arribar als arbres.

I un cop hi sóc enmig, un cop immers profundament en la foscor encara més gran dels arbres, lluny de la vall, m'aturo esgotat. El dolor em colpeja com una inundació i caic a terra per prémer el cap contra la neu, desesperat per aturar la cremor, el torrent de dolor que em té sota les seves urpes. Hauria de quedar-me ben quiet i deixar que el dolor es calmés tot sol, però no puc perquè tinc por, em fa terror que aquest dolor no s'acabi mai i per això em recargolo damunt la neu, tacant-la de sang a batzegades llargues i desesperades. Encara sóc viu, però hauré de viure sempre més així, amb aquesta agonia? No pot ser que hagi de jeure aquí, d'aquesta manera... No pot ser!

Però m'acabo cansant, i quan em deixo de moure el fred de la neu em comença a calmar la cremor del costat del cap. El meu bosc ha canviat, ha esdevingut un lloc diferent, de dolor i ceguesa, però encara és el meu bosc, i m'adono que les meves alenades ja no entren i surten de mi amb un xiulet, sinó que s'alenteixen, i el terra és fred però existeix dessota meu, és una cosa que puc percebre i que no és el meu cap, és una cosa on hi puc clavar les urpes.

Jec immòbil, i respiro, i noto el terra. Això és tot el que faig, i em sembla que després d'un cert temps ja no dec estar despert.

8

TINC L'ULL OBERT, miro enlaire cap a les branques dels arbres que han començat a aparèixer, barrant el cel que s'aclareix. Amb la banda ferida del cap pressionada contra la neu, penso que no em puc moure, que m'haig de quedar així, enganxat a aquest consol, al fred que penetra un xic dins del dolor que encara batega com una cosa viva. La ferida està adormida, mentre jec aquí, i em fa por que si em moc la despertaré... La despertaré i tornarà a esclatar contra mi, com va fer-ho ahir a la nit.

Quina por em fa aquest dolor! Fins i tot m'estimaria més viure per sempre més amb el dolor de la fam desesperada, que veure'm forçat a agemolir-me a cada passa. Estic atrapat aquí com ho estaria a la trampa d'un caçador, no tinc unes dents metàl·liques clavades a la pota, però és per obra d'un home que estic aquí immobilitzat: la força i l'esquinç de la seva escopeta em tenen clavat en aquest lloc. I penso que potser una trampa seria preferible a això, a aquest parany de dolor i de por en el qual no puc posar tota la meva fúria en l'última envestida desesperada quan l'home s'acosta, o rosegar la meva pròpia pota de manera que quan ell arribi no trobi res més que un monyó ensangonat i tingui por pel seu món, encerclat pels propietaris d'una voluntat tan forta com aquella.

Però em pregunto si jo mai podria fer una cosa com aquella. Podria jeure aquí i esperar, i sentir com la fam m'encercla, igual com faria si estigués en una trampa. Però ja començo a saber que no ho faré: no em matarà la gana, no pas després d'aquest hivern, no pas després d'haver aconseguit superar els seus moments més foscos i sense vida i d'haver estat dies i dies sense menjar, convençut a vegades que no tornaria a menjar mai més. I a més, hi ha la guineu. Quan penso en ella, en les seves orelles aixafades i els seus cercles de pànic enmig de la neu, les branques i el cel damunt meu ja no són tan sols franges de grisos diferents, sinó el cim del bosc, arrelat a la terra on estic ajagut: la terra que m'aguanta i que impedeix que desaparegui en les profunditats.

I en alguna banda aquella guineu passeja per entre els arbres, potser es pensa que sóc mort, sens dubte està satisfeta amb la seva fugida. Em va enganyar perquè travessés la vall directament, perquè sabia què faria l'home? Era la ruta que em va ensenyar una mentida, una mentida llarga i tortuosa dissenyada per fer-me desitjar un camí més recte, i havia fingit tota l'estona el terror que li inspirava l'home, sabent que l'única manera de deslliurar-se de mi era apostar que, l'un al costat de l'altre, l'odi de l'home contra el llop seria el més gran?

La ràbia em fa dreçar el cos. El dolor em xiscla dins del cap, però m'importa més l'odi contra la guineu que puc sentir com una onada dintre meu. Criatura traïdora i falsa! Pensar que podia assaborir la seva por i que em vaig pensar que era de veritat! Però no tornaré a cometre aquest error. Segurament em suplicarà, em pregarà que no la mati i apel·larà al meu estómac, i jo em sentiré temptat, però aquest cop no l'escoltaré pas. L'única cosa que faré serà trobar-la i matar-la.

Descobreixo que em puc aixecar, que les meves potes, tot i que tremolen, m'obeeixen prou per aguantar-me dret. El cap també em tremola, noto una manca de fermesa al coll, com si el fes relliscar l'olor de la meva pròpia sang, que puja de terra. El dolor encara hi és, però s'està barrejant amb la ràbia, em desperta, m'aguditza els sentits, i jo em sento orgullós, estranyament orgullós del desig sobtat de matar que em domina.

Me'n vaig, doncs, ressegueixo la vora alta de la vall, cada petjada és una flamarada dins del meu cap, de manera que tremolo a cada passa. Però ara m'empeny la ràbia i el dolor s'ha de convertir només en una altra cosa a la qual m'haig d'adaptar. El meu moviment canvia: amb prou feines aixeco les plantes de la neu, sinó que les arrossego per la superfície perquè no hagin de trepitjar el terra des de massa alçada. Una estona després, trepitjo amb tanta lleugeresa que el dolor s'estabilitza i gairebé em sento temptat de pensar que la seva amenaça ja ha passat. Però quan ensopego, o quan la neu és enganyosa i la meva pota s'enfonsa profundament i sento una sotragada, el dolor em lladra dins del cap i haig de fer una pausa, per esperar que s'esmorteeixi. D'aquesta manera em continuo movent i buscant, ensumo el terra i em torno a moure, cada cop faig menys pauses perquè el dolor és cada cop més suportable. I m'adono que els grisos del matí al meu voltant comencen a pintar-se de vermell.

No sembla que tardi gaire, i la llum només és una mica més forta quan topo amb l'olor de la guineu, ran del terra, agra per la por i pel cansament. Quan l'ensumo, el cor em batega més de pressa, el dolor del meu cap s'encén i llavors es calma. Estic content d'haver trobat el rastre tan fàcilment, perquè em pensava que potser no en seria capaç, després del mal que em van fer la nit passada. Però només és una gota de felicitat, que no fa res per endur-se la meva ràbia, i segueixo amb delit l'olor, que s'enfila a través i per sota dels arbres romputs, la llum del matí es fa més forta, ho pinta tot d'un gris tenyit de rosa, una brillantor estranya que moltes vegades m'ha fet fruir, però que ara em sembla inútil.

Llavors, al meu davant, no gaire lluny, veig una cosa que ha de ser ella: un clap de pèl marró rogenc damunt de la neu tenyida de rosa, un petit bony immòbil i adormit, que ignora que m'acosto, ara molt més lentament, amb un pas silenciós i ple de cautela. Jau arraulit a la vora d'una clariana, empetitida per l'arbre a la vora del qual dorm, amb el morro ben amagat i abrigat entremig de l'embolic de les seves potes i cua; entro silenciosament a la clariana, em dirigeixo cap a ella, els arbres que tinc al costat m'envolten mentre m'hi acosto banyat per la llum vermella i suau.

Però dec haver fet algun soroll, perquè tot d'una el seu cap menut s'aixeca, els ulls tan sols dues esquerdes però les orelles en guàrdia, i quan em veu és com si tot el seu cos s'enfonsés en la neu, els ulls esbatanats, el coll tens i ben baix i tombat cap a una banda per demostrar submissió.

Ara l'hauria de matar, en comptes d'estar-me aquí dret, sobtadament indecís! Però la ràbia que sentia contra ella tan clarament, tot d'una s'enterboleix a dintre meu, com la sang del cos que noto que se m'escola cap a llocs on no hauria d'anar. Potser és l'angle del seu coll, l'ordre que un dels meus donaria de no atacar... O potser només és la penosa petitesa del seu cos comparat amb la base de l'arbre que té al darrere? Sigui el que sigui, m'ha aturat, i tal i com fa ella, jo també tombo el cap, no pas per submissió, sinó per amagar la meva ferida, la ferida que m'ha robat un ull, perquè allà on hi hauria d'haver el bosc roig i lluent, només hi ha una brillantor inquieta on no apareix cap estructura ni cap forma.

Però amb l'ull que em queda veig a la guineu que tremola, encara mig arraulida a la neu, esperant en silenci i mirant-me amb por i la mirada baixa, ja no li queda cap senyal de lluita al cos marró i rogenc. Els seus ulls es passegen pel meu cos amb un guspireig d'incredulitat, com si haguessin vist la boira del matí prendre de sobte vida i una forma real davant seu. No em pot mirar a l'ull i sembla que només es pot mirar l'aire fred del meu voltant, la seva mirada bellugadissa i inquieta, el cap li tremola a tocar de la neu pàl·lida i rosa. Llavors, lentament, els seus ulls ressegueixen la línia de la meva pota del davant fins al meu pit, pugen tan a poc a poc que em podria estar examinant un per un els pèls del coll. Descobreixo que augmento encara més l'angle del meu cap just quan els seus ulls són a punt d'arribar al meu. No sé per què ho faig. Però haverho fet em fa venir por.

El seu ull mira el meu i immediatament em comença a suplicar, m'ensenya la granja tal com era quan la vèiem des de dalt del turó, la seva por de travessar la vall i un cop més, el camí llarg i tortuós que ella volia agafar per donar-hi la volta. Ensenyar-me un altre cop aquestes mentides! Noto com la ràbia em crema a les espatlles mentre faig un altre pas cap a ella. S'agemoleix encara més i jo li miro fixament cada ull, hi busco els nous pensaments, delerós per saber quina fúria despertaran en els meus.

I potser si m'hagués tornat a mostrar la ruta llarga, o fins i tot si m'hagués desafiat, o hagués ensenyat les dents davant del meu desig de travessar directament la vall, jo potser hauria dubtat... Però els seus ulls no mostren altra cosa que súplica i una petició desesperada de misericòrdia, la mateixa expressió que he vist en totes les meves preses i sóc incapaç de fer altra cosa que abraonar-m'hi amb fúria, tombant el coll per apuntar a la nuca de la guineu; el dolor dins del cap em batega profundament a causa del moviment brusc, però continuo sense voler altra cosa que arribar-hi i mossegar fins a notar com les meves dents es toquen les unes amb les altres a través dels ossos prims i la carn del seu crani. Però quan obro les mandíbules per aferrar la guineu, el dolor de la meva ferida creix, emergeix a través de la meva ràbia com un crit ascendent, converteix la meva sang en gel per la por que em provoca el seu terrible retorn, i llavors m'esclata dins del cap amb una agonia nova i impossible quan provo de mossegar. Ara és pitjor, el dolor, que no pas la primera vegada, perquè no hi ha cap xoc que l'esmorteeixi... He notat la seva arribada quan obria les mandíbules i ara em té presoner i m'aparto trontollant de la guineu, atordit, amb l'ull ben tancat, gronxant-me sense acabar de caure.

Aconsegueixo quedar-me quiet i espero que el dolor disminueixi, lluito contra el pànic que em desperta la possibilitat que no s'acabi mai més, allunyo la por de morir i la por de morir ara enmig d'aquesta agonia. És com si tan sols quedés jo, aquí dret sense sentir altra cosa que el dolor dins del meu cap mentre tota la resta de coses passen de llarg, totes les coses però cap que m'importi, tot és irreal i distant més enllà de l'agonia d'aquest moment. Però lentament, tan lentament que al començament és més una esperança que una sensació, el dolor comença a retrocedir i a mesura que s'escola l'alleujament creix dintre meu com una flor, cautelosa com si nasqués a finals d'hivern, temptativa, com si tingués por de la tornada d'algun enemic, però que no deixa de créixer tota l'estona, fins que sé del cert que el dolor se'n va i que m'he salvat. La sensació de fredor de la neu sota les meves potes em retorna, i els sorolls callats del bosc s'obren pas a través de la boira del meu alleujament, de manera que recordo on sóc i què acaba de passar. El meu únic ull encara és tancat, però l'obro lentament, i enmig del núvol de claror sobtada veig un clap marró rogenc que es perfila fins a tenir la forma de la guineu, dreta al meu davant, amb el cap menut ben baix i els ulls esbatanats i estupefactes per la incomprensió.

Em costa mantenir l'equilibri i trontollo cap a ella. La guineu recula unes passes, i veig que té por de mi... No està segura de res, però em té por de tota manera. Es mira la ferida escandalosa que m'omple el costat del cap, i per tant jo avanço i giro el cap perquè la ferida quedi amagada i el meu ull quedi al descobert i li clavi una punyalada mentre ella s'agemoleix.

Què hi veu, ara, en mi? Hi veu la por i la confusió que em desperta el dolor que m'ha impedit mossegar-la? O veu potser la imatge a la qual jo tot d'una m'aferro, la imatge que vull que vegi... El cigne... Més gros i més gloriós en la meva ment del que mai no ho va ser en la seva? Deu veure el cigne, perquè ara jo també el veig als seus ulls, alimenta els meus pensaments amb els seus, em mostra la corba musculosa de l'ala, la massa de carn sota la neu de les seves plomes blanques i suaus. El meu estómac es cargola davant de la perspectiva com la cua d'un llangardaix, i quan ho fa noto que ja no tinc tanta por... I com més penso en el cigne més em veig créixer als ulls de la guineu, em faig cada cop més fort i més perillós, la incertesa que ella sentia sobre el meu poder s'ha esborrat davant del meu desig sobtat.

I tot i que potser no és res més que la mentida de la guineu, ara no puc pensar en res que no sigui el cigne: potser, si el trobo, serà la fi de tot. Com pot ser, un hivern com aquest, en el qual els corbs cacen guineus i els llops no poden mossegar? He apartat un moment la vista de la guineu, però ara torno a mirar-me els seus ulls menuts i li ordeno que em guiï. Ella obeeix, dóna la volta i comença a caminar lentament, mira enrere per veure si la segueixo, i llavors continua, més de pressa, quan veu que ho faig.

9

SEGUEIXO LA GUINEU amb un trot lleuger i veig com canvia la terra: els arbres comencen a ser menys espessos i el sòl comença a fer pujada, primer només una mica i després cada cop més costeruda, fins que ens veiem obligats a reduir la marxa a un pas ràpid. Els arbres s'escampen cada cop més i ens movem d'una clariana a una altra, mentre que davant nostre i alçant-se per damunt de tot veig els túmuls vagues d'uns turons, i darrere seu, fosques i enormes, la forma clara de muntanyes distants.

Mentre ens movem, dins del cap el dolor em batega amb cada passa, em recorda la meva ferida, m'omple amb onades sobtades de pànic fred quan recordo com he provat de matar la guineu i com he descobert que les meves mandíbules són inútils. Em pregunto si el dolor desapareixerà mai, si el desig retornarà a les puntes dels meus ullals i si recordaré aquest moment amb vergonya. Potser estaré mig ajagut al damunt d'una altra presa abatuda, amb la panxa reposant sobre les seves entranyes escampades pel terra càlid d'una tarda d'estiu, i rosegaré la carn tendra de les seves anques, i recordaré aquesta expedició al darrere de la guineu: la feblesa dels pensaments que vaig tenir, el neguit forassenyat de no poder tornar a matar mai més.

El terra comença a pujar pronunciadament i mentre em veig reduït a empènyer cada pota dins de la neu encara amb més esforç, sento com em domina una fredor horrorosa. Movent-me d'aquesta manera, no hauria de tenir fred. Però no és el meu cos el que té fred. Potser somio amb jeure al damunt d'una altra presa que jo hauré abatut, una altra presa a la qual jo hauré estripat el coll, però la visió és buida: aquesta fredor que sento em ve de dintre, és el meu terror davant d'un canvi permanent i no desitjat, és el gel tallant del canvi mateix, la transformació d'una cosa en una altra, que em xiuxiueja que potser no tornaré mai més a ser el que era abans.

Tinc les cames rígides i insensibles, cansades per l'escalada feixuga, el pas em comença a fallar, aixecar cada pota es converteix en una tasca diferent i difícil, la fatiga del meu cos em pesa com una pedra. Cansat ja n'he estat abans, però ara al dessota de la pesantor dels meus músculs hi ha una feblesa diferent, que no tan sols se'm menja la força sinó també la voluntat. Allà on abans sempre hi havia hagut un crit al meu interior, una simple buidor que exigia de ser omplerta, ara per primera vegada em pregunto quina necessitat hi ha de continuar endavant, de no parar de moure's. He quedat cec d'un ull però he perdut la ceguesa al cansament i la buidor de la persecució sense fruit: justament les coses que tota criatura que respira al bosc deu témer del llop. Mai no m'havia trobat a mi mateix en la circumstància de tenir por de cada pas que feia, de tenir por de cada repetitiu moviment de les meves potes fora i dins de la neu, de tenir l'esperança que se'm presentés qualsevol fugida possible d'aquest esgotament sense sentit. Aixeco una pota per fer una altra passa, però tot d'una em desapareixen totes les raons per fer-la, i sento com si estigués caient, però de fet només m'he aturat; volgudament, m'aturo, i la guineu deu sentir el silenci al seu darrere, perquè ella també s'ha aturat i s'ha girat per mirar.

Li ordeno que reposem. Sembla consentir, els seus ulls no diuen res, el seu posat és neutral, i espero que s'ajegui primer a la neu abans de fer-ho jo, enrigidit. Ens mirem l'un a l'altre, guineu menuda i llop ferit, ella em mira cautelosament i amb una curiositat estranya mentre jo li retorno la mirada; la ferida del cap em batega intensament, la pesantor insuportable de la fatiga m'inunda sobtadament els músculs tan bon punt els relaxo.

Per què em mira d'aquesta manera?, em pregunto. Sembla com si em mirés amb un interès pacient, com si esperés alguna cosa no pas amb por sinó amb expectació, amb un deler esperançat que prova de dissimular als ulls. Si no sabés que té por de mi, gairebé pensaria que he vist el guspireig del predador en aquelles pedres brillants que té encastades al cap... La llum que he vist en els meus quan han vist alguna cosa i em criden a la cacera, o potser és només el reflex d'alguna cosa que es baralla en els seus ulls.

Que potser em mira a mi i veu una criatura que malda per tirar endavant, una criatura que s'aferra a la seva vida?

No pot ser que em vegi d'aquesta manera! Encara té por, això és clar... Ho puc ensumar i veure-ho en la resta dels seus pensaments. Però hi ha aquella guspira d'esperança dins de la seva por, i tinc por d'acceptar el que pot significar, el que deu haver vist en mi. Una desesperació glaçada m'envolta com l'aire fred, asfixiant i indefugible, i redueix la meva respiració a un panteix insuficient. Tinc por de pensar en res de tot això: la meva ferida, aquest hivern, la sorpresa de trobar la guineu al dessota de tots aquells corbs. Però mentre hi hagi el cigne hi ha perspectives, i tot i que sento una gran falsedat dintre meu, em miro la guineu i li pregunto per l'ocell, com en sap l'existència, i noto com l'esperança se'm belluga a dins com la il·lusió d'una escalfor distant, com la brillantor del sol enmig del fred tallant.

Els seus ulls s'eixamplen amb una llambregada d'amenaça, una guspira d'engany com si estigués a punt de mostrar una mentida, i noto com la meva esperança queda reduïda a res. Llavors veig el cigne en la seva ment i no puc dubtar que una vegada el va veure, que una vegada, fins i tot, hi va estar a prop. Potser em mostra això perquè sap que el cigne s'està convertint en la meva última esperança... Veu com la mort em comença a rondar però encara té por del perill que represento. Me la miro amb un sol ull, exigeixo més, un gruny escapa de la meva gola dirigit cap a ella. M'adono que podria estar-li suplicant, però m'és igual; com més penso en el cigne, més penso que podria canviar tot això. Aquest hivern ha estat prou estrany perquè la guineu m'hi acabi conduint i si tal cosa arriba a passar potser la ferida se'm curarà; es guarirà sola com han fet les altres ferides que he tingut i jo quedaré restaurat, tornaré a ser el que era, ja no seré feble, sinó que els febles seran la meva presa!

I potser només és per astúcia, per a la seva protecció, que la guineu torna a mostrar-me el cigne. Està protegint els seus pensaments, només em mostra llambregades enfosquides. Però què és això? Abans m'havia pensat que la guineu havia enterrat el cigne, però ara no hi ha cap rastre d'això en els seus pensaments. Em mostra el cigne i no està pas enterrat sinó ben dret, brilla tan blanc com la neu, té una de les seves grans ales esteses al terra, ferida. Vol dir això que l'ocell encara és viu, que no està enterrat, però que està atrapat sense poder volar? Si fos això, per què no l'hauria mort, ja, la guineu? Potser l'ha mort i tan sols em durà fins a unes restes pútrides, els últims ossos enterrats i plens de les marques de les seves dents. Me la miro —la seva figura menuda de pell i tendons, ajaguda allà al davant amb tota la força d'un munt de fulles podrides— i tot d'una noto com l'esperança m'omple el pit, perquè me la miro i m'adono que ella no té el poder necessari per matar un ocell com aquell: és massa petita! L'ocell, encara que no pogués volar, sí que l'hagués pogut migpartir amb un cop de l'ala que encara té plegada al costat. Potser em porta cap al cigne perquè té l'esperança que jo el mati per a ella... I perquè es pensa que, a canvi d'haver-me dut fins a ell, jo deixaré que se n'afarti!

La guineu em mira directament, amb els ulls ferms i sense gens de vacil·lació. Li estic suplicant que em mostri més coses, provo de xuclar-li tot el que puc d'aquells ulls verds, i la guineu, que ho sap, veu que jo desitjaria saber més coses del cigne abans que veure tornar la primavera, tomba el cap cruelment per privar-me'n.

Noto com la ràbia em batega a dins, com m'arriba a les mandíbules que, si pogués, tancaria al voltant de l'animal menut que tinc al davant. Cremo enmig de la meva pròpia feblesa, no vull altra cosa que destrossar tot el que tinc al voltant i fer-ne bocins ensangonats. La guineu ho deu notar, perquè veig que la seva alenada següent és més fonda, el pit se li expandeix i el cap se li aixeca una mica més. Però malgrat tot no s'adona que quan em torna la mirada, quan es gira cap a mi, guanyador d'aquest enfrontament, li ha baixat la guàrdia i jo veig de sobte justament allò que ella provava d'amagar: veig com un llampec el seu record de la forma blanca aletejant contra una paret de roca, de la seva caiguda i les seves tombarelles abans de desaparèixer entremig de les roques grises. I llavors una forma de color marró rogenc que la guineu es mirava amb neguit, que pujava per les roques tot perseguint l'ocell, perduda de vista mentre ella passejava nerviosament amunt i avall al peu de la roca, mirant enlaire a la seva recerca.

La guineu, quan veu que ha revelat més del que volia, acota el cap, els seus ulls s'emboiren com el gel d'una bassa, sense res al dessota tret d'una foscor tèrbola, ni rasa ni fonda. Aparto els ulls per mirar-me els arbres i la neu i els arbres de més enllà, les seves estaques negres emergeixen del terra blanc en una massa espessa que des d'aquí no té final visible.

Aparto la vista perquè no vull que ella vegi que tinc esperances; no vull que la guineu vegi que malgrat que el meu instint m'adverteix calladament que tingui cautela, en la meva desesperació em sento tot d'una joiós davant de la perspectiva, perquè he vist i encara puc veure el que va veure la guineu, com l'ocell, blanc i brillant i travessant els aires en un arc, havia tombat després cap a la paret de roca per topar-hi i desaparèixer. Però i la figura de color

marró rogenc que pujava per les roques, en direcció cap al lloc on l'ocell havia desaparegut? I la guilla... Voltava amunt i avall al peu de les roques, espantada, mentre es mirava com la figura pujava cada cop més, com s'empetitia i s'esvania. No volia que jo veiés allò, però per què? Hauria de sospitar... Però la visió de l'ocell en els pensaments de la guineu, topant i rodolant contra la roca, s'assembla massa a l'emoció de l'inici d'una cacera, al tro de les peülles, a l'esclat de moviment que sempre m'ha de fer continuar endavant.

Empenyo cap amunt per aixecar-me i la guineu s'aixeca amb mi, una mica cautelosa, neguitosa per la nova energia que deu notar en mi. Em fa por el dolor, però m'acosto a ella ràpidament, sense tombar el cap, per deixar-li veure la ferida que m'imagino que deu brillar com el sol als seus ulls, amb tanta intensitat com mal em provoca. Ella s'encongeix, amb els ulls encara emboirats, però en el moviment de les seves potes hi ha la velocitat que dóna la por, el fàstic, i la guineu sap que vull que em condueixi fins al cigne, i veig en ella un instant de ràbia, abans de tornar-se dòcil un cop més i començar a tombar lentament per iniciar la marxa.

Hem reposat molt i ja hem fet molt de camí; la llum comença a esvanir-se i ens envolta la penombra d'una tarda d'hivern, la foscor permanent que no provoquen els núvols sinó el final d'un dia molt curt. La terra continua fent pujada, els arbres ja no fan claps que envolten les clarianes sinó que escassegen en general fins que hi ha més espai obert que no pas arbres, i aquí, on el vent ens fueteja amb fúria damunt de la neu oberta, els arbres són substituïts sobtadament per roques i pedres amb facetes esmolades que sobresurten, fosques i grises, per damunt de la cobertura blanca. Busco la guineu i veig el seu cos menut que avança amb dificultat, l'única taca de color contra el blanc del terra i el gris del cel i el gris més fosc de les muntanyes més enllà, les muntanyes que no són a prop però que ja no són distants, la seva forma inevitable és enorme i malgrat la penombra, intensament clara i precisa.

Ens dirigim cap a aquests monuments, però són a més d'un dia de distància i ni nosaltres no ens hi acostem, ni ells es fan més grans. El que comencem a fer és pujar i baixar turons, munts llisos de pedra pintada per la neu, que ondulen sota les nostres plantes, que s'allunyen i pugen gradualment per anar-se a trobar amb les muntanyes distants, onades blanques perforades per les formes punxegudes d'un milió de pedres. Però davant nostre, pròxima i ocupant l'allargada sencera de l'horitzó, veig una paret de roca que s'alça de sobte del terra, un espadat gris que separa la terra en alta i baixa, com si la part per la qual jo camino s'hagués ensorrat, i l'escarpa costeruda de pedra fos el lloc on s'hagués fet el tall.

La guineu també es mira l'espadat, i potser perquè nota que me la miro, es gira mentre continua caminant, i als seus ulls hi ha una barreja de por i satisfacció, una mirada on la cicatriu de roca que talla la terra en dos té una enorme importància. Em sembla que ens devem estar acostant a la nostra destinació i el pit se'm tiba per l'excitació. Per un moment, el dolor del cos em desapareix i sóc intensament conscient del que m'envolta, de l'estranyesa d'aquesta terra i del fet que he deixat enrere el bosc que conec tan bé. I mentre que al bosc m'estimo la foscor de les últimes hores d'un dia d'hivern, aquí —on les roques han substituït els arbres i el vent talla com un ganivet entre elles— aquesta foscor tan sols porta amenaça.

10

És gairebé de nit i encara no hem arribat a l'espadat. No miro enlaire per veure si han sortit les estrelles, o ni tan sols per veure si el cel és clar, perquè estic massa cansat per mirar enlaire. El vespre cau amb cautela mentre jo miro el terra que tinc al davant, les empremtes petites que ha deixat la guineu a la neu cada cop més fosca. La nit m'hauria d'excitar —plena de perspectives, sempre m'havia excitat—, però aquesta nit sembla que tan sols promet la certesa de més esforços i més esgotament, i em sento sobtadament desesperat per poder-me ajeure i dormir.

Continuo endavant, i escolto el soroll de les potes de la guineu trepitjant la neu, un so que ha esdevingut gairebé un segon batec, de tan silenciós que resulta l'espai buit ple de roques i neu que ens envolta. Sembla un soroll fàcil i fet sense dificultat, i això em fa aixecar el cap, i odiar els seus moviments mentre ella camina davant meu, sense cap impediment i sense haver de seguir les petjades d'un altre; jo, en canvi, m'haig d'esforçar per mantenir el pas. Llavors les seves petjades suaus s'aturen i jo aixeco la vista de la neu i veig la seva forma menuda aturada al davant, fosca en la penombra, una vaga indicació de color darrere la qual l'extensió gris fosc de la paret de pedra s'alça, sobtada i enorme. La guineu em dóna l'esquena, i jo m'hi acosto, reduint el pas amb agraïment; la idea de reposar una estona comença a flotar-me a les potes i a l'esquena, que aviat m'ho demanen a crits.

Ens aturem tots dos a la base de l'espadat, el vent és suau i no és pas ell qui porta el fred intens que regna aquí, i que sembla supurar de la paret de pedra. Examino l'espadat i la seva cara plana i neutra: és molt més alt que molts arbres, i mentre me'l miro m'adono que aquí és on deu haver-hi el cigne, aquest és el lloc, si més no, on la guineu el va veure i per tant va poder-me'l mostrar, rodolant pels aires i desapareixent. Potser l'havia atacat l'home, com a mi? És això el que podria haver-lo fet caure del cel en aquest lloc?

Ara la guineu es gira per mirar-me i jo li pregunto si aquest és el lloc on va veure el cigne. Jo esperava que no em respongués, o que ho fes amb alguna estratagema, perquè em temo que comença a veure fins a quin punt estic desesperat perquè aquesta recerca sigui una realitat. Però decideix no rebutjar-me la resposta, ni tan sols fer-me esperar: els seus ulls són ben senzills quan assenteixen, i puc veure-hi un altre cop l'ocell, poderós, blanc brillant en la foscor, i veig com tomba cap a mi, cosa que em fascina, i la fam m'omple l'estómac i em fa vessar saliva per entre les dents, la sang al meu pit i la que em degota del cap són com l'escalfor del foc.

Això no és una mentida. La guineu m'ho mostra amb tanta claredat que tinc la impressió de poder entrar dins dels seus pensaments i trobar el cigne al meu davant. Fins i tot ella, espavilada com és, no podria mostrar-me això només per enganyar-me: veig a dintre seu que aquest cigne encara és viu, i prop d'aquí, i per un moment ella i jo quedem veritablement units com a predadors, ens permetem de compartir el desig que sentim per la carn de l'ocell, el deler per esclafar-li el cap i la vida i apropiar-nos del poder de les seves ales per als nostres cossos. Sí, ha de ser a prop! De la mateixa manera que una bèstia pot sentir el perill quan tu no has comès cap error en el teu acostament, ara jo puc sentir aquest cigne. La seva presència sembla emanar de la paret de pedra igual que el fred, plena de vida, impulsada cap a l'escalfor de la meva sang.

Miro enlaire, cap a l'espadat i la seva cara impassible. No hi veig cap tret, cap repeu ni cap detall que en sobresurti, i penso que si pogués fer servir tots dos ulls sí que podria distingir-ho, però no n'estic segur. El meu ull torna a caure al damunt de la guineu, que canvia instantàniament: encara queda una mica del foc que hem compartit pel cigne, que li guspireja als ulls, però al dessota d'això hi ha una sobtada i inquietant manca de por cap a mi. M'espanto quan veig aparèixer les seves dents i veig com abaixa l'espatlla, no pas perquè les seves mandíbules esmolades volin cap a mi sinó per la desesperació de les seves intencions, perquè l'entenc: l'entenc a ella i entenc que ara es mou en un lloc on els seus pensaments s'han enfonsat com una pedra enmig del seu instint, i això l'ha obligada a actuar. Ho he vist als ulls d'altres —jo mateix ho he experimentat— i per això reculo i m'allunyo de la guineu com si fos una serp perillosa, tombo lleugerament per preparar-me per a la seva mossegada i veig com el triomf li resplendeix als ulls, i no m'ataca sinó que torna a tocar amb les quatre potes a terra i gira cua ràpidament per allunyar-se de mi com un llampec tot resseguint la base de roca.

Per un moment, quedo paralitzat. Hauria d'haver esclatat al seu darrere, però per un instant m'omple el dubte: no sé pas per què l'hauria de tornar a perseguir, ni què faré quan l'encalci... I no seria millor jeure aquí i dormir, i despertar-me potser en un món més clar? Les meves potes semblen de pedra i la meva esquena una branca podrida. Però si ara m'ajec, potser no em podré tornar a aixecar mai més. Em persegueix una cosa que se'm podria endur mentre dormo, i tot d'una, mentre veig com s'empetiteix la guineu, m'adono que potser ja és massa lluny. I la presència del cigne —aquella meravellosa escalfor que bategava i que jo era capaç de sentir fins i tot en aquest lloc desolat i fred—, aquesta presència també desapareix, com si volés per damunt de la guineu i ella fos la seva ombra. Podria deixar-la marxar amb facilitat, estic tan cansat que seria capaç de deixar fugir una llebre que tingués dessota meu, però no puc permetre que s'emporti el cigne amb ella, no pas aquest hivern, no pas ferit com estic.

Sento com el cos se m'enfonsa sobre les potes, com les plantes m'ocupen tanta neu com seria necessària per enterrar el cadàver de la guineu, i llavors sento la sotragada sobtada, l'impuls cap endavant, l'aire em fibla l'ull i les meves potes arriben al màxim galop. Començo a guanyar terreny a la guineu, ràpidament... No pot igualar la meva velocitat. Llavors sembla com si es frenés i gairebé s'aturés, i per un moment penso que ha abandonat i que tornarà a mostrar-me la submissió tremolosa d'abans.

Però no s'atura del tot... El que fa és girar i saltar tot d'una cap a la roca, esgarrapar fins arribar a un petit repeu, i justament quan jo llisco per la neu fins al seu dessota, ella salta a un altre repeu, i després a un altre, amb compte i precisió comença a pujar la paret escarpada de l'espadat.

Veig com s'alça damunt meu i per un instant penso que la persecució s'haurà d'acabar. Però llavors veig el primer repeu on ha saltat, i després de gratar i aconseguir de pujar-hi, veig el següent, i segueixo a la guineu en la seva escalada, vacil·lant, mentre que ella sembla que es coneix bé el camí, perquè puja molt més de pressa i em deixa enrere. Cada cop que arribo al repeu següent miro enlaire per veure on és ella, i cada cop és més amunt i més petita.

La segueixo, decidit, salto de repeu en repeu, les cames se m'afebleixen i el valor, a cada salt, amenaça de fer-se'm miques. Els repeus de la ruta d'escalada d'aquest espadat són cada cop més difícils de distingir a la llum minvant, i cada vegada que apunto cap a un altre objectiu distant de roca plana i flexiono les potes del darrere, noto com la força se m'escola, noto la possibilitat que el pròxim salt que faci pels aires no sigui suficient. Al pròxim repeu, una de les potes em rellisca i per un moment penso que cauré. Aconsegueixo aguantar-me, la pota que m'ha relliscat troba alguna cosa al seu dessota i puc esgarrapar la pedra fins arribar al repeu. Trasbalsat, amb el cot bategant a tota velocitat i les potes cantant la seva fatiga, m'aturo a reposar. M'estic allà dret llarga estona, respiro profundament i l'ull se'm tanca amb el pes de l'esgotament, sé que hauria de tirar endavant però sóc incapaç de trobar la voluntat per fer-ho.

La llum que resta gairebé me la imagino i prou, i quan els seus últims vestigis desapareixen en la foscor, la pedra de l'espadat esdevé un bloc gris i negre sense cap tret distintiu i sense cap repeu ni cap camí visible. El repeu on m'estic dret és tan estret que tinc les potes amuntegades les unes contra les altres i m'estintolo a la paret de roca que tinc al costat, per por que si no ho faig el vent creixent m'arreplegarà i m'arrencarà de l'espadat per precipitar-me contra el terra fosc, molt avall. Ara tinc por de quedar-me en aquest repeu, però m'adono amb un horror creixent que no puc tirar endavant perquè un salt des d'aquí seria un salt en el buit i en la foscor. Provo d'arrossegar les potes repeu enrere, pensant que potser trobaré prou espai com per poder donar la volta i baixar de l'espadat, però mentre reculo una de les potes del darrere em rellisca tot d'una i no troba peu.

Estic atrapat. Estic atrapat i hauré de quedar-me aquí dret, pressionat contra una paret de roca que sembla com si em volgués empentar i fer caure. A mesura que la nit s'aprofundeix, arriba més neu i un vent que envia els flocs en espirals i remolins violents contra la paret de l'espadat. Jo m'estic dempeus sobre aquella lleixa minúscula, aferrat desesperadament, sacsejat i fuetejat per la neu que em burxa l'únic ull on encara tinc visió. Enfredorit i cansat, les potes em comencen a tremolar i les plantes, amples com són, comencen a relliscar al meu dessota.

Tot d'una no tinc por. Amb l'ull tancat i el vent castigant el meu flanc, és com si ja estigués caient. Potser si he relliscat i haig de morir, la terra que se m'acosta posarà punt final a la tristor que sento; una tristor no pas per la meva mort sinó pel moment de la mort, el moment en el qual la lluita sempre inútil acaba, en el qual queda revelat que totes les batalles i els sofriments han estat en va. He vist, caçat i esbudellat les criatures que s'haurien volgut salvar, i ara sóc jo l'infortunat, el qui pateix en aquesta minúscula lleixa i espera la mort, mentre la vida degota del meu cap ferit i s'acumula espessa en la meva mandíbula mutilada. M'entristeixo, i m'adono que els he abatut i els he mort i els he esbudellat sempre enmig d'aquesta tristor, però amagant-la amb grunys i amb el guspireig de les dents i amb ràbia contra el seus penosos intents per salvar-se.

La nit flueix al meu voltant amb el vent i el fred i la roca al costat, que em prova d'empènyer perquè caigui del repeu. Les potes em rellisquen i quan provo d'arrapar-me a la pedra sembla com si qualsevol esforç m'hagi de fer saltar de la roca, maligna al meu flanc. Estic indefens! Sóc com la cria xopa acabada de néixer, que trontolla quan es posa dreta, i que jo odio tant com m'odio ara a mi mateix, cames primes i tremoloses, febles, sobre aquest repeu. I en els meus pensaments noto un estrip, com si alguna cosa presonera des de fa molt de temps fes servir ara les seves dents per alliberar-se, i tanco l'ull per fugir-ne. Tanco el meu ull amb força però ara ho veig encara més clarament, els veig ben clarament, cadascun canvia i es converteix en un altre de més fort que l'anterior, belluguen les potes i les cues i aixequen la pols amb les seves peülles, veig les relliscades a la neu, les banyes acotades, els salts forassenyats i els seus ulls tots iguals, tots al capdavall iguals que la cria... Amb la innocència estúpida i brutal de la cria.

Què era jo? No sé pas què era allò que caminava per la terra calenta, i que tot d'una es va aturar per una olor brillant, una pudor que em va fer capbussar en el bosc amb el cor accelerat i amb la nàusea de l'estómac bullint-me dins del cap. I llavors vaig saltar per damunt d'una soca podrida a tota velocitat, i la soca es va moure al dessota d'una pota, que va fregar-la, una sensació estranya, com si la terra i tot el que tenia al damunt s'hagués mogut una fracció mentre jo saltava. Però quan vaig aterrar, quan vaig aterrar enmig de l'herba alta i em vaig ajupir per ensumar la humitat que m'embrutava la pota, vaig adonar-me que era la mateixa olor que m'havia fet començar aquella carrera, i no vaig poder fer altra cosa que desfer lentament el camí. Vaig empènyer a través de l'herba, les vores verdes em feien pessigolles al nas i a les dents, i volien fer-me talls a la llengua, i allà vaig trobar-la, una cria, amb la pell molla que desprenia vapor, les orelles torçades i aixafades pel naixement, el cap trontollant a l'extrem del coll quan es va girar per mirar-me.

Recordo els arbres d'aquell lloc, els claps d'herba, la manera que tenia el terra d'encorbar-se al voltant de les arrels i els llocs on vaig dormir perquè no me'n vaig haver d'anar en molts de dies. Mentre m'acostava a la cria, encara no sabia que la seva mare era morta una mica més enllà. Esperava amb cautela la seva aparició, però sabia silenciosament que era morta, que la cria i jo estàvem sols. I a mesura que jo m'acostava, ella va provar d'aixecar-se. Va empènyer amb les potes contra el terra i va aconseguir alçar-se sobre les articulacions de les potes del davant, tremolant, amb les orelles que li degotaven i el pit que li pujava i baixava per la por i per l'esforç. Em vaig aturar i me la vaig mirar. Em vaig beure els seus moviments, les olors i els sorolls que feia mentre provava d'aixecar-se com m'hauria begut l'aigua d'un rierol prim

però profund al pic de l'estiu. Va lluitar desesperadament per alçar-se, prou estona com perquè gairebé tota la humitat de l'esquena se li hagués assecat... I quan l'última pota empenyia cap amunt i allunyava el cos del terra, i una simple esperança li va guspirejar a l'ull, jo vaig córrer com un llampec i vaig mossegar-li el coll, em vaig ajupir per mossegar-li des de sota, una manera perfecta de matar-la, la més perfecta de les maneres possibles, la cria ja era morta abans que tots dos caiguéssim blanament damunt de l'herba.

I ara jo sóc la cria, estic atrapat per les circumstàncies com ella ho estava per la natura. Sento vergonya per aquella cria. Sento vergonya per tos dos... Per haver-nos hagut de sentir completament indefensos!

Però la nit també arriba al seu final, la llum del dia s'escola i aviat el cel és prou gris perquè jo pugui veure la forma de la roca on m'estic, una línia fosca que corre fins a les meves potes i que gira sota les meves urpes per arrapar-se a l'espadat. Esgotat, amb les potes i el cos tremolant i adolorit per haver-me hagut d'estar tanta estona immòbil, començo a mirar cap endavant i cap enlaire, a la recerca del pròxim repeu. Estiro el coll tant com puc, les plantes em rellisquen perquè la seva escalfor ha deixat la pedra humida i glaçada, i em pregunto si aquella ruta no deu baixar, a més de pujar. Just dessota veig el que sembla el llavi d'una roca que sobresurt, i amb una sobtada guspira d'esperança estiro encara més el coll per veureho millor. Però mentre ho faig, una pota del davant em rellisca del repeu i per molt desesperadament que intento tornar-me a estintolar contra la paret de roca, tot d'una caic cap endavant com si m'haguessin empentat: el meu cos es precipita cap avall i caic, em recargolo en mig de l'aire i en l'única cosa que puc pensar, ara, és que sens dubte moriré.

Però no sento com el terra puja ràpidament per colpejar-me, i el que faig és aterrar a mitges al sortint de roca de més avall: les potes del darrere se'm belluguen en el buit, però el cap i la meitat anterior del meu cos s'aferren desesperadament a la paret de l'espadat, les urpes em rellisquen a la roca, però hi faig tota la força que puc, i retorço el coll i el cap i empenyo i esgarrapo amb les potes del darrere fins que sóc capaç de pujar a la roca. Aquest repeu és més ample, és un llac espaiós comparat amb el d'abans, i m'hi enfonso: noto alguna cosa sòlida dessota de cada planta, dessota de la cua, dessota de tota l'allargada de les meves potes i el meu pit i la meva mandíbula, completament ajagut a la fi, mentre alenades frenètiques de pànic em fan sortir escuma vermella dels narius. L'ull se'm tanca, la llum del matí queda bandejada i jo torno a caure, però aquest cop endut per la son, i em ve al cap un pensament gairebé imperceptible: que si m'han de matar... Si ara m'han de matar, seré jo qui obri la comitiva.

11

Quan em desperto estic confós, i em pregunto per què em desperto amb dolor al pit i al cap, i perquè el terra dessota meu és tan dur. Llavors recordo haver aterrat al sortint de roca, i com vaig aconseguir de pujar-hi esgarrapant, desesperadament. Obro un sol ull i recordo més coses, tot plegat surt de sobte de la boirina de la son, i quan ho fa el cor se m'enfonsa dins del pit com una pedra llençada en un llac, que envia ones de vergonya i d'indefensió a la resta del meu cos. Em quedo immòbil una estona i llavors m'aixeco i m'estiro lentament, amb tot el cos adolorit per l'esgotament; el dolor dins del meu cap comença un altre cop a bategar d'una manera insuportable amb el més mínim moviment.

La llum del dia encara és forta. Miro el cel i la part que en puc veure contra el gris de l'espadat és blanca amb claps de blau, mentre que al seu dessota s'estenen els camps oberts d'aquest lloc, blancs i rocallosos, fins allà on els arbres tornen a començar: en grups petits i aïllats al començament, i llavors en una massa silenciosa i d'un blanc més fosc, que ho cobria tot en la llunyania. No havia vist mai el bosc des d'aquesta alçada, sempre havia tingut la impressió que el bosc no s'acabava mai, però veure ara com s'estén en la distància és una tortura, és veure la grandesa d'una cosa precisament en el moment que te la prenen. Veig la meva llar, però no la puc ensumar ni sentir ni palpar al meu dessota! Vull tornar a ser allà, entre els arbres, i no pas repenjat aquí dalt com un ocell, a l'urpa de roca d'aquesta terra.

La plataforma on sóc és gran, puc donar la volta sense por de caure, i veig com s'allarga per la paret de l'espadat, com s'aprima i acaba en una taca negra a la pedra. El pit em tiba i se'm talla la respiració. Aixeco el cap més enlaire, i el moviment em regala una punxada terrible, però m'és igual perquè haig d'examinar aquella taca... Aquell clap fosc que podria ser senzillament un tros de roca d'un altre color, o un efecte de la llum al meu ull, però que la meva esperança, ara ferotge, em respon amb un gruny que és l'entrada d'una cova.

Començo a respirar un altre cop i abaixo el cap fins a tocar la base de roca on trepitjo, xuclo l'aire i ensumo la meva pròpia sang, l'olor neutra de la pedra i, encongida allà al mig, com si s'amagués, l'olor de la guineu. Ha estat aquí! Començo a caminar amb el cap cot en direcció a la taca negra, amb l'ull fix allà i desitjant que es converteixi en l'obertura que desitjo, segueixo el rastre minso de la guineu que no pot anar enlloc més que directament cap al forat que tinc al davant. Ràpidament aixeco el cap i miro al meu voltant, busco una altra ruta, però les parets de pedra són llises: no hi pot haver cap més manera de sortir d'aquesta plataforma, tret de llançar-se al buit que tinc al darrere.

I unes quantes passes després veig que no és cap efecte de la llum, sinó un forat —una esquerda a la roca que s'endinsa cap a la foscor— i quan hi arribo la llum del dia s'intensifica al meu darrere i gairebé es veu el sol, cosa que fa encara més espès el negre de l'obertura. Ensumo la base del forat. La guineu ha passat per aquí, ha passat per aquest forat sense cap mena de dubte —la seva olor és fluixa però escandalosa per als meus sentits— i em pregunto on deu haver anat i què hi ha més enllà, si el que s'hi deu amagar és la meva única esperança en aquesta muntanya, el cigne que ella em va mostrar, o si tan sols ha deixat aquí la seva pudor com a estratagema i engany. Abaixo el coll i examino la foscor, ensumo olors estranyes que es barregen de manera confosa, amb un sol ull no veig res més que una taca de negre i gris, i no sento ben res tret d'un so que semblaria el degoteig de l'aigua, un ritme callat i regular que ressona dèbilment, com si fos lluny.

L'esquerda és petita i m'hi haig d'arrossegar de bocaterrosa, la roca m'esgarrapa dolorosament el pit masegat. Empenyo i avanço, no veig ben res en la foscor sobtada fins que la fissura sembla eixamplar-se i jo provo d'aixecar-me, noto el sostre de la cova a les espatlles i l'esquena i la seva base dessota les plantes, que arrossego cegament fins que la roca a la fi s'alça damunt meu i gairebé em puc dreçar sense problemes. És massa fosc perquè pugui veure res, i començo a capficar-me per si aquí dins la foscor serà permanent, però a mesura que avanço a poc a poc, em segueix una mica més de llum i l'ull se m'acostuma a la penombra; aviat puc distingir les línies tallants de la roca i l'estructura que m'envolta, veig com el sostre de la cova s'eixampla a mesura que perfora la muntanya, el seu extrem més llunyà perdut en la foscor. Em miro les potes i veig que sóc dalt d'una lleixa ampla de pedra, encara tan a prop del sostre de la cova que haig d'encongir les espatlles, mentre que dessota meu, i tallat profundament dins de la roca, hi ha un forat ple d'aigua: un estany negre de líquid estancat del qual pugen plegades les pudors de la podridura i els excrements, espesses i asfixiants.

L'estany és gran i la seva part posterior es perd en la mateixa foscor que el sostre, però en el seu centre hi ha una roca petita que sobresurt de la superfície oliosa, arrodonida i coberta gairebé del tot de regalims pàl·lids. No veig cap cigne, però puc ensumar entremig de la pudor de l'aigua bruta i podrida alguna cosa que podria ser la seva olor; però potser, igual que la guineu, va ser aquí una vegada però ara ja no hi és, i penso amb l'amarga pèrdua de tota esperança que potser el que ensumo és el seu cadàver podrit.

Estic a punt de fer mitja volta i abandonar la pudor de la cova quan veig un guspireig de moviment que tremola a la foscor de l'extrem més allunyat de l'estany. Mantinc el cap perfectament quiet, tinc por que el meu únic ull m'enganyi, però el commino a foradar el núvol negre de la foscor, no pas amb esperança sinó amb la certesa de la desesperació, sense esperar res però sabent que allà hi ha alguna cosa, que allà per força hi ha d'haver alguna cosa. Espero però res no es mou, i tot i que em temo que només ha estat el moviment del meu cap, allò que m'ha fet veure alguna cosa, *sé* que allà hi ha alguna cosa perquè puc sentir el soroll esmorteït d'alguna cosa que xiuxiueja entre el degoteig de l'aigua.

Amb l'ull esbatanat, tombo el cap a banda i banda, provo de captar una altra vegada la tremolor que he vist, escolto el més petit dels sons, que s'esvanirien instantàniament si no m'hi aferrés amb tota la meva atenció. Lentament, em dirigeixo a la vora de la lleixa de pedra, mantinc el cap tan quiet com m'és possible, m'esforço amb tots els sentits per penetrar aquesta foscor que s'estén al meu davant. Amb les plantes a la vora de la roca, m'inclino cap endavant, estiro el coll i el cap damunt de l'estany, de la meva ferida en cauen gotes de sang a l'aigua, que interfereixen amb els sons que estic provant desesperadament de capturar. Llavors noto que alguna cosa es mou i rellisca sota la meva planta, llisa i freda com una pedra; un moment després, se sent un clapoteig escandalós a l'estany, que em fa encongir i que ressona amb l'eco per tota la cova.

I en la foscor, alguna cosa es torna a moure i aquest cop la veig sense possibilitat d'error: una forma grossa pressionada contra la paret més llunyana de l'estany enfonsat, plana contra la roca com si provés de desaparèixer a través de la pedra, una figura que s'estira tant com pot i que després rellisca per la cara llisa i inescalable de la paret de la cova. Em quedo immòbil i no puc fer res més que mirar fixament, insensible i sense cap sensació, i veig com emergeix la forma clara d'una ala i un coll com una flama, pressionats contra la roca. És el cigne, ho sé, però no pas el cigne que havia imaginat, no pas el cigne que era la suma de tota la meva esperança, sinó una criatura desesperada i tremolosa, grisa i agemolida, un cos atrotinat i esgarrapat que flotava sobre l'escòria d'aquella aigua negra i oliosa, que es movia tan sols amb la més petita insinuació possible de vida.

La flama del seu coll llarg tremola i es gira, i encara que és fosc —encara que l'espai que tinc al davant no és res més que un munt de matisos diferents de foscor— veig com brilla el seu ullet, una engruna minúscula de vitalitat que llueix silenciosament, com si pogués recollir tota la pobra llum de la cova i tornar-la cap a mi. Quin ull, aquest que em reté! No s'hi veu el desafiament de la bèstia, ni la súplica de la llebre o la guineu. En comptes d'això, hi ha una profunditat, una negror que no és com l'aigua d'un estany sinó com un cel sense lluna i sense estrelles, i sé instantàniament que el cigne m'ha vist i ho ha entès: sap que sóc aquí per prendre-li la vida però estic ferit, afeblit... Sap que no puc matar-lo amb les dents però que encara podria fer-ho ofegant-lo sota la superfície oliosa de l'aigua. Veu això i no té por. S'allunya de la paret més extrema de l'estany, el cos li gira amb suavitat sota el seu cap immòbil, de manera que tots dos apunten en la meva direcció i per un moment, en el rínxol doble de les seves ales ratades, veig la gràcia indubtable de la seva naturalesa: una visió dolorosa, una cosa molt bella, però només per als qui encara la poden veure amb l'ull del caçador, i això jo ja no puc fer-ho.

S'acosta cap a mi i noto com les potes del darrere se'm tensen amb delit. Una ràbia apagada em batega a l'oïda, i penso que hi saltaré al damunt i m'arriscaré a rebre els cops de les seves ales, a notar el contacte viscós de l'aigua al voltant del meu ull mentre me l'emporto al fons de l'estany. Però tots dos ens aturem. El cigne deu veure'm les intencions perquè s'atura i es retira una mica, però a dintre meu alguna cosa també s'ha aturat: la voluntat que tenia d'ofegar l'ocell m'ha abandonat, ha desaparegut;

la idea d'empassar-me, d'ofegar-me en aquell líquid fastigós que se m'enganxa als narius i a la gola com els canons d'unes plomes és tot d'una massa forta com per alliberar les meves potes i projectar-me al seu damunt.

I als ulls del cigne hi ha una advertència. Tan bon punt tomba el cap, em veig a mi mateix: sóc dret a la roca tacada del centre de l'estany, l'esquena corbada i el coll baix, el pèl cobert de la brutícia que impregna l'aigua. Grunyo i tremolo i miro com alguna cosa es belluga al meu voltant, com provo de clavar-hi les urpes i com perdo peu a la pedra coberta de brutícia i rellisco endavant, cap i pit directes a l'aigua. Em veig a mi mateix xipollejant, provant de girar i de tornar a pujar a la roca, i quan veig això sento por, perquè entenc que podria haver-ho de fer durant la resta de la meva vida, si em llanço a l'estany al darrere del cigne: ell podria donar voltes i més voltes amb tota facilitat al meu voltant, sempre fora de l'abast dels meus esforços desesperats, fins que a la fi jo m'ofegués per esgotament, o morís de gana després de tornar a pujar a la roca per última vegada, sense alè, tan sols pell i ossos, un altre regalim gris damunt la pedra.

Però com és que el cigne pot veure això? M'ensenya aquestes coses amb la claredat del que s'ha vist, com si ja m'hagués contemplat dalt de la roca, grunyint i atacantlo i caient a l'aigua pudent, per haver de tornar nedant fins a la pedra. I llavors ho començo a entendre, perquè a través dels seus ulls el cigne em mostra la guineu allà dreta, gairebé en total obscuritat... veig com l'ocell li guia el cos, dòcil i ben disposat, com li col·loca les potes al lloc adient amb indicacions del bec i el coll llarg, com li apunta el cos amb pressions silencioses. Veig com la guineu salta endavant i desapareix per un túnel situat més endalt, un salt fet a cegues en la foscor, un salt fet gairebé cada dia i a canvi de l'ajuda i la guia del cigne, engrunes de menjar abocades a l'aigua oliosa perquè l'ocell se les empassi agraït: el cicle d'un pare i una cria establert entre predador i presa, una perversió que em deixa astorat i que no entenc, però revelada tan ràpidament i amb una claredat tan gran que no en puc dubtar.

Però tan sols una alenada després ja començo a dubtar. Em pregunto si el cigne —una criatura que m'és desconeguda— posseeix algun truc o alguna habilitat per a l'engany que està utilitzant per salvar-se. Miro cap a baix, cap a l'estany, i sembla ben cert que les seves parets llises i altes garanteixen que un cop capbussat a les seves aigües, no hi hauria manera possible de sortir-ne pel mateix camí. I el cigne, ell també hi està atrapat. Si tingués la més mínima possibilitat d'anar-se'n d'allà, per quina raó s'hi quedaria? La brutícia i la pudor de la cova em diuen que fa molt de temps que és aquí, i malgrat això no hi ha cap altra mena de vida en aquest lloc, ben res, ni tan sols el simple llot verd que cobreix les roques prop de l'aigua. Deu aconseguir el menjar de la guineu, potser utilitza aquesta mateixa capacitat d'engany per obligar la guineu a tornar aquí cada dia i deixar caure a l'aigua el bocí que porta a la boca.

A dintre meu noto el batec tranquil de la revelació, com si hagués perdut el rastre d'algun animal petit i tot d'una m'adonés que està amagat al dessota d'una pedra allà a prop. Dono la volta i començo a tornar cap a l'obertura de la cova, m'haig d'arrossegar un cop més per damunt de la pedra tallant per poder sortir d'allà, fins que, primer el nas i després tot jo, surto al sol i torno a gaudir de l'aire fred i fresc, lliure de la pudor de la cova. Però quan examino la plataforma de pedra, em sento decebut: esperava veure aquest cop alguna cosa que m'hagués passat per alt, veure la ruta per on la guineu se'n va, però no hi ha cap ruta! Camino amunt i avall per la plataforma, miro en totes direccions, tombo el cap i penso que potser no veig res perquè he perdut un ull. Però no hi ha cap manera possible d'abandonar aquesta plataforma, tret de saltar per la vora i deixar-se caure.

M'estic a la vora del precipici, miro avall, cap a la neu que hi ha al dessota, i em pregunto si podria sobreviure aquell salt. Sé que no podria de cap manera, però estic tan desesperat que em permeto la feblesa de pensar per un moment que potser podria... I llavors em sento avergonyit. Tampoc no hi ha el cadàver de cap guineu, allà baix, esclafat contra les roques que sobresurten de la neu, i malgrat tot la seva olor és a la pedra on sóc ara mateix, i a l'obertura de la cova, i a dins mateix de la cova. El cigne em deu mostrar la veritat! Si vull escapar d'aquesta roca —aquesta cosa dura i sense vida al dessota de les meves plantes i que ara m'adono que odio—, hauré de saltar a l'aigua i trobar d'alguna manera el camí que fa servir la guineu per fugir.

Però la idea d'aquella aigua al meu voltant, de que m'entraria a la boca i al nas, que s'arraparia als meus flancs, em sembla pitjor que cap altra cosa, pitjor fins i tot que l'home, i esborra les últimes restes de la meva esperança, per deixar-me ben buit: un espai que és ocupat ràpidament per una enyorança sobtada i desesperada per la meva llar. Llavors la fatiga i el dolor esmorteït retornen al meu cos i jo em quedo immòbil quan arriben, contemplo l'extensió blanca que tinc dessota i em deleixo pels arbres del bosc, per sentir les olors de la fusta i de la terra.

Quan m'aparto de la vora de la plataforma, trontollo, i m'adono que el cos se m'està afeblint cada cop més per la ferida. Trobar el cigne, l'engany o la veritat que he vist als seus ulls i l'esperança que m'havia donat, havien bandejat totes aquestes altres coses, però ara tinc por d'haver arribat a la debilitat final: una lleugeresa ensopida al cap que ho ablaneix tot, la vista, l'olfacte..., per un moment, fins i tot la roca em sembla tova al dessota de les plantes. Però encara m'aixeco dret i encara no he caigut. Si fos un altre cop a terra en comptes d'atrapat aquí dalt, tinc la impressió que podria córrer tan ràpid i tant de temps com sempre he pogut fer! Aixecaria el cap i arquejaria l'esquena per menjar-me la distància, i no m'aturaria fins arribar a les profunditats del bosc!

Perquè si haig de morir, ha de ser allà... Ha de ser allà i no aquí, en aquest lloc inclement i aliè.

Decidit, torno cap al forat i em capbusso a la cova fosca i pudent. M'arrossego ràpidament cap a dins i llavors m'aturo perquè l'ull no se m'ha adaptat a la foscor, i quan ho fa veig que el cigne no sembla pas haver-se mogut, sinó que encara flota en la mateixa posició, potser perquè sap que jo no podia fer cap altra cosa que tornar. La ràbia és a les meves espatlles i em batega dins del cap i un altre cop sento la necessitat de llançar-me al seu damunt, de pinçar-li amb el coll i les potes del davant aquell coll feble i allargassat, i endur-me'l cap al fons de l'estany. Quanta estona ens hi estaríem enfonsant? És l'estany tan profund com perquè moríssim barallant-nos i recargolant-nos l'un al voltant de l'altre abans d'arribar a tocar fons? Sé que el cigne veu aquests pensaments en mi perquè no faig cap esforç per emmascarar-los. No els amago sinó que m'hi rabejo, mostro al cigne una vegada i una altra com l'ofegaria, i si ara fos més fort i tingués el poder de les meves mandíbules, li mostro com li arrencaria les ales del cos.

Em sorprenc i inhalo sobtadament quan el cigne se m'acosta, amb les ales plegades i el coll alt i ferm. No mostra cap por i em penso que potser no pot entendre, no pot interpretar els pensaments que vull que vegi. Però m'equivoco, perquè el miro als ulls i quan ho faig veig no tan sols que ho ha vist tot, sinó que entén el que jo tot just acabo d'entendre: que li mostro aquestes coses com a acte final abans de la meva submissió, abans de suplicar-li que em mostri la manera de sortir de la cova, com havia fet amb la guineu.

Fem una pausa, els nostres pensaments neutres davant de l'altre. Potser em demanarà que torni per portar-li menjar, a canvi de mostrar-me la sortida. Per menar-li la pressa, mostro al cigne la imatge de la guineu deixant caure menjar a l'aigua, tret que aquesta guineu té un cap més gros i més gris, i un sol ull que li crema amb aversió. El cigne tomba el cap un altre cop i en la guspira somorta del seu ull veig que no busca pas això, no vol que jo l'alimenti. El que sento dintre meu és el desig de tornar a casa meva, al bosc que forma tanta part de mi com jo d'ell, i m'adono que ha estat el cigne qui ha plantat aquesta llavor dintre meu i qui converteix aquest desig en un deler desesperat i dolorós, una ànsia més forta que cap set de sang que jo hagi sentit mai. M'ofereix la meva llar. M'ofereix la cosa que desitjo més que cap altra, i llavors als seus ulls hi veig alguna cosa més: som enmig dels arbres i la neu amb els seus sorolls al nostre voltant, però els arbres es mouen al meu costat molt lentament, i la neu puja en comptes de caure. Ja no em moc sinó que estic ajagut, miro enlaire i veig com la neu ve cap a mi, i com jo hi pujo fins a perdre qualsevol pes.

La percepció de l'ocell m'astora. Tan clarament veu que m'estic morint? Sé que sóc a prop de la mort, però veure-ho reflectit als ulls d'un altre és un esdeveniment nou i horripilant. N'he vist molts, d'envoltats per la mort... I ara, al meu davant, algú em mira i veu el mateix. Quina cosa més terrible, que algú et miri d'aquesta manera!

I no tan sols veu la meva mort, imminent i indefugible, sinó que veig que també entén què se sent quan la mort et segueix d'aquesta manera, tan inevitable com els núvols sota la lluna. En els seus pensaments veig això d'una manera tan completa que em sento impulsat..., forçat gairebé, a preguntar com ho pot saber, això, a preguntar-l'hi com si fos un germà de la meva raça. En l'instant que tarda el meu ull a enviar-li aquesta petició, m'adono mentre empasso saliva tot d'una que això no està bé: és la primera vegada que he demanat què pensa a una presa sense que hagi estat part de l'intercanvi callat abans de la seva mort. Espero per això que la vergonya m'inundi, després d'aquesta pregunta, i prou present és per recordar-me fins a quin punt m'he afeblit, per burxar-me amb el record de tot el que jo era, menys d'un dia enrere. Però m'adono que de fet no haig d'apartar la vista de l'animal que tinc al dessota; m'adono que li puc aguantar la mirada, i continuar dret, i ignorar l'impuls que sento de capbussar-me un cop més pel forat a la roca, per sortir a la plataforma de fora i precipitar-me espadat avall.

El cigne se m'emporta dins dels seus pensaments i veig a través dels seus ulls: veig com la llum del dia al sostre de la cova tremola de sobte i queda tapada, i veig aparèixer la guineu a la lleixa de pedra, i veig que mirar cap avall igual com faig jo ara. Llavors una segona forma apareix al costat de la guineu, desdibuixada i irregular fins que la llum s'enforteix i veig que és una altra guineu, espatlla contra espatlla al costat de la primera, dos parells d'ulls i d'orelles concentrats en la cosa que se'ls mira des de baix. Penso que potser el cigne està confós, però llavors recordo la figura vermellosa que la guineu jove havia contemplat, atemorida, com escalava l'espadat al darrere de l'ocell caigut. Devien ser dos, l'altre potser és el seu company. Per què tornaven a aquesta cova pudent, per alimentar aquesta presa atrotinada i indigna, una presa que no podien matar i menjar-se sense quedat ells atrapats dins de la cova? Vull apartar la vista dels pensaments del cigne perquè em sembla que això deu ser un engany, aquí hi deu haver algun perill per a mi, com una trampa de metall amagada ben al dessota de branques i terra i fulles... Però el cigne m'aguanta la mirada i tot d'una sento la mateixa por que ell sent, una por horrorosa mentre es mira les guineus, i una por que sent constantment, mentre espera cada dia que arribin els petits predadors, pensant cada vegada que tan bon punt vegi que la llum queda bloquejada, serà el moment de la seva mort.

Sí, el cigne sap què vol dir tenir la mort al darrere. Deu desitjar la mort, si així és com ha de viure. Ara s'ha acostat encara més. És prou a prop perquè jo, si volgués, el pogués enfonsar amb un salt ràpid cap endavant. Té el coll estès, el cap ben enlaire, però l'aigua és prou avall perquè fins i tot estirant-se al límit el seu bec no pugui tocar el sortint de roca des d'on jo me'l miro. Als seus ulls hi ha una ànsia: em mira amb una fam que no és de l'estómac sinó de la voluntat... En la manera que té de mirar-me hi ha la lluor vil i desesperada de la seva esperança i m'adono amb menyspreu i un horror creixent que em veu caigut i abassegat per aquesta ferida i per la meva debilitat. No em veu com la cosa que ha vingut a matar-lo, a posar fi a la misèria de la seva constant por a la mort. Ja no em veu com a llop, ja no em veu com a l'assassí i el prenedor de vida, sinó com a la cosa que el salvarà..., que l'alliberarà d'aquesta cova!

L'únic que puc fer és tornar la mirada al cigne, amb una vergonya roent que m'omple pel fet que m'hagi pogut mirar d'aquesta manera. M'aparto de la vora de la lleixa, aguantant encara la mirada de l'ocell; ni s'agemoleix ni demostra tenir por davant de la fúria que deu veure dintre meu. I encara que sóc dins d'aquesta cova, amb el sostre a la meva esquena, quan tanco l'ull i bloquejo la mirada expectant del cigne, em puc sentir transportat un altre cop al bosc, puc notar lentament la meravellosa blanor de la terra sota les meves plantes, l'olor de la terra humida, el so dels ocells que canten i la llengua d'un vent més càlid. És la tardor, i no sé què estic recordant fins que veig un forat sota d'un arbre, al terra de color marró fosc: un antic cau abandonat, desert des de fa molt de temps, fins al qual m'ha guiat l'olor d'un altre llop.

Recordo que em vaig apropar al cau amb molt de compte, que sentia el soroll d'una respiració fatigosa, que no podia veure res en la foscor que omplia el cau, i que em vaig aturar a ensumar el terra un altre cop quan, de seguida que vaig aixecar el cap, vaig veure un cap vell i gris en les profunditats de l'obertura d'entrada: un llop amb mitja orella en una banda, amb marques de moltes caceres o baralles en la totalitat del seu morro llarg i prim. No estava dret, sinó que tan sols havia aixecat el cap per veure'm, ajagut com estava; se li movia el cos sencer només per l'esforç que li representava xuclar l'aire i tornar-lo a expulsar. Me'l vaig mirar mentre feia la seva última alenada, vaig sentir com li xiulava al pit obstruït, sense entendre si estava ferit, o potser enverinat... I ell devia veure aquesta pregunta en mi, perquè quan va exhalar per última vegada, als seus ulls pàl·lids i emboirats s'hi va fer una claredat inesperada. Vaig veure els últims dies fracassats de la seva vida, com havia vagarejat molt de temps sense menjar, incapaç de caçar i tant dèbil que havia ranquejat per entremig de les bèsties i cap d'elles no havia fugit ni s'havia espantat, i tan sols unes quantes havien tombat els seus grans caps, mig encuriosides, quan ell passava.

Penso amb astorament que jo m'he convertit en això: el mort vivent, el caçador que ja no és capaç de caçar i que espera morir lentament de fam davant de la mirada burleta de les seves antigues preses. Per què si no em mira el cigne de la manera que ho fa? Si de debò estic tan dèbil, val més que torni a fora l'espadat i rellisqui de la vora com si m'haguessin empentat. Però sé que això encara és una feblesa massa gran per a mi, i que si hi ha alguna possibilitat de poder tornar a la meva llar haig d'aprofitar-la, per molt estret que sigui el camí i per molt baix que em faci arribar.

Encara tinc l'ull tancat, i quan l'obro a la humitat de la cova, espero que el cor se m'enfonsi i que la meva recuperada decisió es fongui enmig de la pudor i la foscor. Però l'efecte és l'oposat. Quan ho veig tot, quan veig el cigne atrotinat a sota meu, el sostre baix de roca i l'aigua negra on l'ocell flota, ridícul amb aquella corba orgullosa que li fa el coll, sé que ni em quedaré allà ni saltaré daltabaix del precipici que tinc al darrere.

Avanço fins que tinc el cap al damunt de l'aigua i puc notar la vora esmolada de la roca a sota de la meva pota, i em miro l'ocell, per un moment sense saber què fer, amb el meu ull tan buit com els del cigne. Llavors és el bosc mateix qui envia alguna cosa penetrant que em forada, com si d'alguna manera pogués alçar el cap i deixar anar pels aires un crit que només puc sentir jo, un crit que tot d'una m'omple de pensaments i records de la meva llar, brillants, d'aire net i terra cobert de neu, i tan vívids que no podria amagar-los de ningú encara que volgués. Aquests pensaments i el deler que m'inspiren devien brollar de mi com un torrent perquè el cigne recula quan els veu, com si la seva força i la seva abundància fossin un vent que l'aparta de mi. Obro completament els meus pensaments i penso que, desesperat, dec semblar ridícul al cigne, xisclant d'aquesta manera com un llobató o una cria qualsevol, que exigeix a crits allò que vol. Però per dessota d'aquesta corrent que ha empès l'ocell aigües enrere, n'hi ha una altra en la qual li suplico constantment que m'ensenyi el camí de sortida, com una corrent d'aigua més freda al fons d'un rierol, i el cigne ho veu i torna a acostar-se, s'acosta més que en cap altre moment, i m'adono sense alegria de l'animal tan gran i magnífic que és, i veig que, veritablement, m'hauria pogut alimentar dies.

Ara es forma una imatge als seus ulls. És boirosa i allargo el cap encara més a prop de l'aigua per poder-m'hi acostar, i la sang del meu cap torna a degotar dins de l'estany. La imatge és fosca i penso que el cigne no sap què m'està provant de mostrar fins que noto alguna cosa a sota de la mandíbula —la mossegada dura de la pedra—, mentre que per damunt del cap noto el fil d'aire fresc més lleuger possible. És el cigne, qui em fa sentir això, i penso que aquestes deuen ser les coses que pot notar però no pas veure: potser fins i tot és la sortida de la cova.

Deu ser això, el que em mostra! El seu coll no arriba a la lleixa on sóc jo, i per tant ell no pot fugir, potser tan sols es pot estirar i fer arribar el bec al sortint de la ruta de sortida. S'hi deu haver estat dies i més dies, en aquest lloc, arrapant-se amb el cap a la roca i provant de pujar-hi, sabent que la llibertat era allà al seu damunt, i escarnit per les olors que arribaven de fora! Tremolo d'emoció davant de la perspectiva i el cigne ho veu i respon mostrant-me un altre cop la guineu: una guineu que es desdibuixa i s'allargassa fins a formar una figura més gran que podria ser la meva. Un cop més veig com el cigne col·loca la guineu en posició i llavors sóc allà baix, a dins d'ell, el cigne, floto a l'aigua i noto el corrent d'aire que aixeca la guineu quan es propulsa fins aquesta altra lleixa de pedra.

Però estic confós: per què es pensa que jo m'estaré quiet i ben dòcil, i que em deixaré guiar per fer aquest salt? Potser aquest és el seu engany. Perquè si hi ha una lleixa de pedra que mena a la sortida i la guineu la fa servir gairebé diàriament, llavors jo, senzillament, la trobaré i me n'aniré. Però fins i tot mentre estic pensant això —mentre intenta formar-se dintre meu l'esperança que la fugida serà fàcil— sé que el dubte ja ho ensorra, com l'heura ensorra un arbre vell. Miro al voltant de la cova, i les meves esperances de llançar-me a l'aigua, matar ràpidament a l'ocell i fugir per aquesta altra ruta s'enfonsen: es dissolen en la foscor que sembla caure a l'extrem més allunyat de la cova com una cascada de pedra. De sobte tot queda ben clar, i jo em torno a mirar el cigne i veig en ell un indici de victòria, perquè sap que he entès que aquesta ruta de sortida, aquest túnel cap al quan salta la guineu, està tan envoltat de foscor que el salt es fa amb total ceguesa, i resulta impossible sense l'ajuda de l'ocell.

Entenc que estic indefens i ell sap que ho he entès. Els seus ulls es buiden, però en ells em fa veure què vol a canvi de la seva guia: una visió fugaç, com si tingués por de revelar-la, del meu coll inclinat cap a la foscor, al voltant del qual el coll gris i com una flama del cigne s'entortolligarà amb força com una serp mentre jo reculo lentament i el trec de l'estany per pujar-lo fins al túnel. Vol que el salvi! Em veu amb la mandíbula mutilada i pensa que, com que jo sóc dèbil, ara ajudaré a un altre que també és dèbil! Potser s'atreveix a demanar-m'ho perquè veu que m'estic morint. Però m'adono que ell també s'està morint... No pas per cap ferida, ni de fam, sinó pel designi de les guineus, que lentament el maten cada cop que passen per allà: astutes per naturalesa, deuen mantenir el cigne amb vida fins que hagin après la ruta pel tacte, i cada cop són una passa més a prop d'aconseguir-ho, i el cigne deu saber que un dia no necessitaran la seva ajuda per fugir d'allà... Un dia vindran sense cap ofrena a la boca i el cigne sabrà que respira l'última alenada. Les guineus el mataran, s'afartaran de la seva carn i després trobaran la sortida a través de la foscor sense cap ajuda.

El cigne em mira des de baix, amb l'esperança de xuclar-me el consentiment dels pensaments. D'acord, jo potser estic afeblit, però ell és molt més feble que jo..., que es pensi que l'ajudaré! Em fa venir nàusees, que l'ocell tingui l'esperança que jo canviï tan completament la meva naturalesa com per ajudar-lo a sortir d'aquesta cova..., però li haig de seguir el corrent, m'haig de convertir en la cosa que ell vol que sigui. Al capdavall, primer m'ha d'ensenyar la sortida. Només haig de suportar la vergonya de la seva aliança el temps suficient per poder arribar al túnel enmig de la negror, que fins i tot ara, quan me la miro, em sembla una cosa del tot sòlida. Primer m'ha d'ensenyar la manera de sortir d'aquí, abans no el pugui ajudar, llavors de què haig de tenir por? De l'única cosa que tinc por és de fer una cosa que no vull fer. M'adono d'això i noto com em retorna la força quan l'oportunitat d'enganyar-lo, d'exercir el meu poder sobre ell, esdevé sòlida —una cosa que els meus pensaments poden mossegar—, i per això deixo que el meu ull torni a apuntar primer cap a l'aigua i després cap al cigne, amb el consentiment a dintre, i la ràbia i la meva voluntat al darrere, com l'escalfor del caliu.

El cigne s'està un moment immòbil i me'l miro amb atenció per veure si s'adona del meu engany. Però llavors queda tan ple d'esperança sobtada que deixo de capficar-me i sento com el menyspreu em puja a les espatlles, mentre veig com els seus ulls es fan brillants enmig de la penombra, com pedres negres humides, i el cap se li belluga expectant al capdamunt del coll esgarrapat. L'alegria i l'excitació li brollen com una olor palpable, la tensió dolorosa de la proximitat d'una cosa que ha desitjat tant i tant, una cosa que es pensava que mai no podria arribar a veure i que fa tremolar d'expectació les grans plomes corbades de les seves ales. Em miro aquest ocell, amb el seu cos grisós i tacat de brutícia, i tot d'una tinc enveja de la seva esperança, de la tremolor d'esperança que sacseja les seves plomes esparracades: la possibilitat de continuar vivint. És tan detestable veure les possibilitats d'un altre quan tu ja no en tens cap!

Provo de pensar en la satisfacció que sentiré quan l'abandoni aquí, noto com els meus pensaments llepen les vores d'aquest abandó com la meva llengua lleparia la cuixa d'alguna presa, però ni tan sols no em puc permetre de rabejar-me en aquest petit plaer, per por que el cigne el vegi córrer per dintre meu. Per contra, li mostro un altre cop el meu consentiment a ajudar-lo i el cigne recula per deixar al seu davant un espai prou ample en la superfície negra i brillant de l'aigua, una invitació perquè hi entri. Sense estar-ne segur, carrego el pes a les potes del davant i a la vora de la lleixa de pedra, ensumo involuntàriament l'aigua, repel·lit per la rica fortor d'estancament i podridura que flota al seu damunt. Mai no m'ha agradat l'aigua, tot i que sé que puc nedar amb força, però saltar dins d'aquella foscor oliosa és una cosa molt diferent. El cigne s'està al mig de l'estany, em mira fixament, els seus ulls i el seu posat em volen arrossegar i em supliquen que salti... És com si tot el seu ésser desitgés i em pregués que jo faci un pas endavant i abandoni la roca que noto tan sòlida al dessota de les meves potes.

Reculo una mica i m'ajupo, per preparar-me per saltar. Tot d'una penso que és una trampa: el cigne sens dubte m'enganyarà i moriré ofegat en aquella aigua horrible... Potser fins i tot provarà ell mateix d'ofegar-me, o em colpejarà amb les seves ales. Però sé que això no és res més que la por que em fa el que tinc al davant, perquè el que he vist als ulls del cigne —l'esperança de llibertat que ara té— no podria ser altra cosa que la veritat. He buscat engany en aquesta mirada, perquè llavors la seva esperança hauria estat una mentida, i no l'hauria hagut d'odiar només de mirar-la. Però no n'hi havia, i jo ara vacil·lo tan sols per endarrerir el que ha d'acabar passant.

Per tant, flexiono més les potes del darrere, i encara una mica més, mentre sento com batega el meu cor, i llavors salto cap endavant per caure durant un espai de temps massa breu, abans d'impactar contra l'aigua, amb les cames espatarrades i el cap ben alt, per allunyar-lo del líquid que ràpidament se'm tanca al voltant del coll i per damunt de l'esquena, pudent i fred i espès, més fang que no pas aigua. Llavors començo a barallar-me, a nedar sense saber cap a on haig d'anar, a donar voltes a una banda i a l'altra per buscar l'ocell, i mentrestant noto com la força dels músculs m'abandona, com xucla l'aigua les meves potes en moviment, cada braçada és un esforç en contra seu. Giro cap a una altra banda i tot d'una tinc l'ocell al costat; sense esforç, se'm col·loca al davant i jo segueixo la seva figura gris, m'esforço per mantenir-me dins de l'estela d'onades que deixa enrere.

El cigne em porta cap a l'interior de la cova, la llum s'esvaeix a mesura que avencem fins que amb prou feines puc distingir la seva forma al meu davant. Llavors la llum desapareix completament i estic perdut: ja no puc veure el cigne, ni olorar-lo ni sentir els seus moviments. Però llavors noto una pressió al flanc, no pas dura com la pedra, sinó tova i amb l'escalfor de la carn viva, i mentre jo nedo cap endavant ell empeny contra mi, o se n'aparta, de manera que amb un pànic creixent jo haig de virar cap a ell per buscar la seva escalfor en la foscor.

Nedo amb la guia del cigne durant el que em sembla un temps massa llarg... De ben segur que la cova no pot ser tan gran! La força m'ha abandonat totalment les potes. L'aigua m'arriba a l'ull i em cobreix del tot l'esquena i les espatlles, i aixeco el morro com si hagués d'udolar per poder respirar l'aire de la superfície. Tinc la impressió de no bellugar-me, que només moc les potes per no enfonsar-me, i ja em sembla impossible continuar quan les urpes esgarrapen alguna cosa dura i sòlida davant meu. Em bellugo desesperadament, noto com la pedra puja per dessota de l'aigua... Però un cop a dalt, palpo amb compte a una banda i a l'altra i descobreixo que la roca llisa no trenca la superfície en cap moment. Està submergida, de manera que en el seu punt més alt les plantes em queden completament cobertes per aquella humitat enganxosa. Però si més no, trepitjo alguna cosa semblant a terra ferma i no m'haig de barallar contra la viscositat de l'aigua. M'estic allà immòbil i xuclo l'aire amb dificultat, el meu cap és un núvol de lleugeresa i dolor esmorteït, les meves potes i el coll són ombres entumides del seu moviment.

Al costat, sento el soroll de les onades que fa l'aigua, i després un xipolleig més fort: m'adono que és l'ocell, que ve cap a mi invisible en la foscor. Noto la pressió sobtada del seu bec a la pota, m'empeny amb moviments ferms i inflexibles: cops ràpids i desagradables que m'enfurismen i em fan desitjar poder atacar-lo i migpartir el coll que s'atreveix a tocar-me. Ja no tinc el poder necessari per fer això, i encara que el tingués no estic segur de si ho faria —el breu moment de satisfacció que em portaria no compensaria pas una mort lenta dins d'aquella cova— i per això acoto el cap i deixo que em piqui i m'empenyi.

Encara que tot és completament negre, tanco l'ull i em sotmeto, i tot i que sento vergonya, també sento alleujament: per un moment, ja no sóc jo mateix, no tinc el poder ni els apetits ni els desitjos que comporta ser qui sóc. No sóc res i sento com si els meus ossos fossin buits, com els d'un ocell.

Llavors les indicacions s'acaben. Sento una remor i el soroll suau de l'aigua que es mou i em quedo allà tot sol, al davant d'una paret negra de foscor, amb les potes submergides glaçades fins als ossos. El cigne s'ha allunyat i el puc sentir respirar al meu costat. Ara xiula, un so tallant que dóna voltes i voltes entre els confins de pedra, un so que està fet en part d'exigència i en part de petició, i que m'anima a saltar endavant; és el mateix xiulet terrible que deixaria anar si jo tingués la seva cria entre les mandíbules.

Aixeco el cap i ensumo la foscor que tinc al davant, busco l'olor d'aire fresc que podria revelar l'obertura d'un túnel cap a l'exterior..., però passa una de dues coses, o la pudor de l'aigua és massa aclaparadora o no hi ha cap obertura, perquè no puc ensumar en absolut la netedat de l'hivern. Un cop més sento xiular al cigne al meu costat. Ara ja no és tan terrible, és més aviat el xiulet, l'esbufec d'una cosa desesperada i dèbil, i no pas d'un animal que et podria migpartir amb un cop de la seva ala. No vull seguir la seva ordre; no vull saltar a cegues i capbussar-me en un espai negre, ni vull que m'obligui a saltar ningú que no sigui jo mateix, i per un moment noto com la tossuderia s'afegeix al fred que m'envolta les potes, i em pregunto quin tast de satisfacció obtindria si em quedés aquí immòbil i deixés que el cigne xuclés aquest aire infecte i el deixés anar en un esbufec de frustració al darrere d'un altre. No obtindria cap gran satisfacció, però, si m'hagués de quedar allà dret amb les potes glaçades dins de l'aigua. Noto com alguna cosa s'aposenta dintre meu, abaixo el cos de manera que les meves potes són com plançons tibants, i sense pensar en cap altra cosa que en la meva llar, salto cap endavant enmig de la foscor amb tota la potència que encara em queda. Les meves potes han deixat de tocar el terra i jo em preparo per a l'impacte contra la pedra o contra l'aigua, travesso l'aire durant un temps insuportablement llarg, sabent que en qualsevol instant alguna cosa dura i desconeguda es materialitzarà en la negror per colpejar-me. Llavors passa exactament això i quedo sorprès: tot d'una hi ha roca al dessota del meu cos, i tot i que perdo l'equilibri i caic, no és pas pitjor que ensopegar amb el terra.

A poc a poc, m'aixeco dret, una pota del darrere em rellisca i trepitja només aire, abans no la retiri; deu ser l'estany, darrere meu. Em puc aixecar, i quan alço el cap, fins i tot a les fosques, noto que tinc més espai al damunt, i què més? Noto un lleugeríssim fil d'aire que ve de fora —una olor molt feble però que marca una direcció, un rastre que puc seguir— i mentre començo a deixar la cova enrere, noto com la primera alegria de la llibertat em comença a brotar de dintre. I tot i que sé que és una il·lusió, és com si fos la primera alegria veritable que he experimentat mai, com la llum del sol, com el cel nocturn i com l'olor de neu fresca.

Només he fet unes quantes passes endavant quan sento el soroll al meu darrere. Primer és un xipolleig a l'aigua, després el so d'alguna cosa que bat lentament però que cada cop ho fa més i més de pressa, fins que tot plegat esdevé un frenesí, aire i aigua remoguts en una massa espiral de soroll, com si el sòl del bosc s'hagués convertit en aigua i tots els arbres hi col·lapsessin alhora. I llavors, per damunt d'aquest horrorós enrenou, em sembla que sento un gemec, un crit desesperat que és més aviat un xiulet, un escopir l'aire amb fúria i una desolació total: un so espantós de sofriment que em deixa clavat allà on sóc com si m'hagués convertit en un tros de gel.

M'he aturat però el soroll continua al meu darrere. Sento com les ales del cigne colpegen la paret de pedra al dessota de l'entrada del túnel, com les seves potes foraden l'aigua, provant d'empènyer l'ocell cap amunt, el soroll nítid del seu bec picant la roca i provant d'agafar-s'hi com si aquell coll tan prim i dèbil pogués hissar el seu pes. Giro el cap i els sorolls comencen a calmar-se, les ales deixen de batre a mesura que el cigne es cansa, el so del seu bec contra la roca es fa menys freqüent, i m'imagino que projecta el seu cap enlaire amb menys esforç, amb menys esperança. Però a mesura que la seva lluita s'apaga, per damunt del clapoteig que fa l'aigua destorbada contra les vores de l'estany se sent un soroll aspre i estrident, com si algú estigués respirant i ofegant-se alhora; i m'adono que el soroll el fa el cigne, que boqueja extenuat per xuclar l'aire pudent de la seva presó. M'escolto les seves alenades penoses, unes alenades que fa tan sols perquè el cos i els pulmons li deuen exigir a crits després d'aquells esforços, respira no pas per continuar viu sinó per continuar el seu horrorós sofriment, xucla i expira mecànicament sense cap desig autèntic de viure... I jo sento com ressonen aquestes alenades i el meu pas vacil·la.

Com m'agradaria donar la volta i esclafar la vida del coll d'aquest ocell!

M'estic aquí, amb aquesta roca al dessota, mig girat, amb la fugida i la llibertat a la meva banda, però al meu darrere una criatura pateix com han patit totes les altres... Una criatura a la qual he fallat, una criatura que sóc incapaç de matar i que haig de deixar enfonsada en la desesperació. Mentre m'estic allà escoltant les seves alenades, cada cop més tranquil·les, m'adono que em compadeixo del cigne. Però sempre m'he compadit de totes les altres criatures en el seu horrible patiment, aquelles a les quals he estripat i abatut i menjat o que senzillament he deixat ajagudes a terra per als corbs i els insectes. Em compadeixo d'elles perquè són febles! Perquè són febles i mancades i es veuen forçades a córrer per la terra sota el terror dels seus desavantatges, mentre que jo sóc més fort i més ràpid, més lleuger de pensament, i per satisfer la meva fam haig de sortir volant de les ombres per abraonar-me al seu damunt amb els ulls encesos i matar-los. I encara que sempre he sabut què és compadir-se, encara que sempre he corregut i grunyit i esparracat carn amb el gust amargant de la compassió a la boca, tan sols ara, quan ja no sóc fort, em fa dubtar, m'atura els músculs i els separa de les puntes de les meves dents. Ara jo també sóc tan dèbil com ho són elles. Ferit, he estat abatut per vagarejar entre elles amb por de morir i amb por del sofriment, i si abans coneixia la compassió, ara que sóc dèbil també puc sentir-la.

En silenci dono la volta i torno cap a l'estany. Mentre m'acosto sento com la respiració del cigne ressona a la cova, i un cop més el so de l'aigua que llepa les vores de pedra de l'estany. Penso que l'ocell deu haver abandonat qualsevol esperança, perquè si hagués estat escoltant, hauria sentit les petites esgarrapades que fan les meves urpes a la pedra i que jo provo de dissimular tot trepitjant amb molta cura... O potser ho sent però no s'ho creu, o no entén per què hauria jo de tornar. M'hi acosto lentament, encara amb cautela perquè tinc por —tinc por del soroll terrible i inútil d'una renovada lluita per la seva llibertat— i si existeix la possibilitat de girar cua i desaparèixer sense que es noti la meva presència, no penso delatar-me fent cap soroll. Potser ni tan sols jo podria anar-me'n, si sentís un altre cop aquell so; el so d'una lluita que no puc acabar amb una mort, com desitjaria amb delit, sinó un patiment que haig d'acabar amb una oferta d'ajuda: un acte que temo, però que em manté aquí en contra de la meva naturalesa.

Sóc prou a prop com per saber que un altre pas em podria fer caure un altre cop a l'aigua, o sigui que avanço amb vacil·lació, busco el sortint de la plataforma de roca, palpo en comptes de caminar. Puc ensumar el cigne i sentir el xiulet de les seves alenades no gaire lluny, en la foscor. Aquestes alenades..., les odio absolutament totes, i odio fins la més mínima part del seu so! En la foscor només es nota l'olor del cigne i el soroll que fa quan respira, però aquest so m'omple els pensaments de la mateixa manera que la neu cau i omple un forat al tronc d'un arbre: veig en una confusió llampegant com podria haver estat l'ocell i com és en realitat... I també com era jo i en què m'he convertit. Cada alenada que sento és com un cop o una mossegada per a mi, i encara que el meu cos està quiet, alguna cosa dintre meu és esclafada i feta cada cop més i més petita, fins que és com una pedra.

Tot d'una deixa de respirar i se sent el silenci profund de dos enemics naturals que s'escolten l'un a l'altre: un silenci quiet i sòlid on el més petit soroll es converteix en el moviment més clar possible. No faig cap senyal al cigne. M'aferro a l'esperança de poder-me mantenir inadvertit, com un cérvol jove immòbil com una pedra enmig de les herbes altes. Però la sang que em supura lentament del cap i se m'acumula a la mandíbula em vessa de la boca i degota a l'aigua, un so que el cigne deu notar que és diferent de la resta de degotejos que se senten a la cova, perquè ha començat a respirar una altra vegada i puc sentir com s'acosta cap a mi, les seves alenades aspres cada cop més a prop, i llavors el soroll de l'oneig de l'aigua dessota meu.

Anar-me'n ara faria que tornés a començar el soroll de la seva baralla contra la pedra i l'aigua —un so que prova d'arrencar-me els músculs dels ossos—, una cosa que em sembla que no puc tornar a sentir sense tenir la possibilitat de posar-hi final. Però no em sento capaç d'ajudar a aquesta criatura... No puc obligar-me a abaixar el cap i a notar la presa desesperada del seu coll de serp. No entra dins de la meva naturalesa; no entra dins de la naturalesa de cap dels dos, ni de l'ocell ni de mi, trobar-nos lligats d'aquesta manera: el cigne esperant per ser salvat i jo sense atrevir-me a girar-li l'esquena. Qualsevol altre dels dies de la meva vida, ja ho hauria deixat córrer. Tan sols en aquest moment dubto, tan sols en aquest precís moment, i deu ser perquè estic ferit: la sang que em degota de la barbeta i del coll prova d'emportar-se amb ella el que jo sóc i el que he estat, i esborrar la sensació del que tinc dessota les potes. Però ara ho noto, noto la pedra freda sota les meves urpes, i aixeco l'esquena i el cap i començo a recular, a allunyar-me de l'estany, ràpidament i sense cap discreció, gratant lentament amb les urpes de manera que noto totes les estries que trenquen la llisor de la roca, i perquè el cigne senti clarament que me'n vaig.

Em giro i començo a caminar túnel avall, esperant en qualsevol moment tornar a sentir el so de les seves ales colpejant l'aire, però no se sent ben res. Darrere meu només hi ha silenci... Un silenci que és el de la total resignació a patir encara més horror, el de l'acceptació d'una mort certa i propera. Aquest silenci és pitjor per a mi que l'enrenou de la seva lluita, i fins i tot que les seves alenades desesperades, perquè entenc que en aquest silenci l'ocell deu haver vist tot el que ha passat i tot el turment que li espera. És el silenci de la comprensió, com el terror final a l'ull de la llebre en l'instant en el qual el seu cos queda flàccid pel consentiment, el moment més desagradable de tots per a mi, el moment en el qual es donen per perduts i saben que han de morir i jo els he de matar ràpidament per posat punt final a l'horror de tot plegat, a la feblesa de la simpatia que sento per ells, embolcallada en dents que llampeguen i mandíbules que esclafen. I ara jo existeixo en aquest moment, un moment que hauria de durar un instant però que ara s'estén sense fi davant meu, i si ara me n'anés i provés de tornar a casa, les meves potes afeblides pesarien encara més per la vergonya i per l'enorme, aclaparadora tristesa d'abandonar una criatura al sofriment sense donar-li un final... Un nou dolor que no puc suportar i que encén la meva ràbia.

Em giro de cop i avanço cap a l'olor de l'aigua. Arribo a la vora de la plataforma i escolto la presència de l'ocell, em pregunto si deu haver tornat a nedar fins a l'altre extrem de la cova... Però llavors sento la seva respiració esmorteïda, cansada, que prové d'alguna banda propera dessota meu. Potser es pensa que he tornat per burlar-me'n, perquè no fa cap moviment en la foscor, i enrabiat com estic emeto un gruny greu i tremolós, en part crida i en part amenaça, un gruny que fa bombollejar la sang de la meva boca i la converteix en una escuma espessa que s'escola per entre les meves dents. Sento moviments a l'aigua que se m'acosten, tan lents i deliberats que semblen fets expressament perquè m'adoni que el cigne s'acosta, un so al qual li manca qualsevol subterfugi i que tan sols denota un objectiu horrorós en la seva intensitat. Ara noto moviment sota les meves potes, el bec de l'ocell em busca a les palpentes en la foscor, una exploració feta amb tant de dubte que em sembla que puc notar la seva absoluta incredulitat, o potser això és perquè jo mateix també n'estic inundat?

Lentament, abaixo el cap ferit i em preparo per la fortor de l'olor del cigne i el tacte suau i horrorós del seu coll, que s'alça sobtadament de la negror per aferrar-se al meu coll i entortolligar-s'hi, un contacte que al començament em sembla que sóc incapaç de resistir i que m'haig de treure del damunt amb violència, però la seva força sorprenent és gairebé un consol, i no pas la pinça freda i flàccida que esperava. Reculo lentament i noto el pes de l'ocell mentre l'hisso de l'aigua, un pes que al començament sembla massa feixuc i que després es fa sorprenentment lleuger; és un acte que ni tan sols en el meu estat de debilitat em representa un esforç, i que aviat és fet, aviat el cigne ha quedat lliure de l'estany i està dret al damunt de la pedra, davant meu, mentre jo sacsejo el coll per deslliurar-me del seu i donar la volta, i enfilar cegament pel túnel, ensopegar amb la superfície irregular, refregar-me contra les seves parets no vistes, mentre fujo cap a fora i lluny de la cova.

El túnel és llarg i sovint ensopego amb les seves vores amagades, però l'olor d'aire fresc es fa més forta a mesura que avanço sense precaució i sense donar importància a les ferides que esgarrapen i em fan talls a les potes, ni al dolor aclaparador que em fa esclatar el cap quan trontollo, perquè m'aixeco ràpidament i continuo avançant, empès pel què tinc al darrere, alçat i arrossegat túnel amunt per la sang que encara em queda al pit. Al començament, quan la negror que tinc al davant sembla que es torna gris, penso que m'estic enganyant, però llavors el meu ull pot distingir tot d'una formes en la foscor, el túnel s'estén davant meu amb una claredat estranya mentre que xiuxiuejos d'aire fred i net em freguen el cap amb una frescor gloriosa. Un altre revolt i de sobte veig la llum brillant i enlluernadora del dia emmarcada en l'obertura rodona de la sortida del túnel, i quan la veig m'omple d'alleujament haver-me deslliurat de la pudor i la intimitat de la cova, tot i que és una alegria que s'esmorteeix immediatament quan m'adono que estic perillosament, irreversiblement afeblit i que no podré assaborir-la gaire.

Però juntament amb la frescor de l'aire hivernal sento una olor que, tot i que inesperada, no em sorprèn. Retallades per la llum, apareixen dues formes vagues, gens clares en la resplendor sobtada, però identificades instantàniament per la seva olor característica com els predadors menuts i astuts que són. M'hi acosto lentament i quedo al davant de les dues guineus roges: una és la guineu jove que m'ha dut fins aquí, l'altra és una femella més gran..., no pas la companya de la petita, com havia pensat, sinó la seva mare. La jove té por, els seus ulls em miren atemorits i les potes li tremolen com si tingués fred pel vent que li fa voleiar el pèl. Però no té fred, només té por, a l'inrevés que la seva mare, que s'està aquí dreta pacíficament, amb el cap delicat aixecat ben enlaire, les puntes de les seves dentetes exposades sota les línies primes i negres dels seus llavis, i els seus ulls... Els seus ulls verds són freds com la pedra i em contemplen amb una expectació malèvola. En la seva mirada hi ha tota la salvatgia mortal de la femella, la ferocitat que estima i protegeix a les seves cries per damunt de cap altra cosa..., la voluntat i la força que en el seu centre no és res més que una fredor intocable, una cosa cega i sorda davant de tota la resta de coses, de cap altra crida o senyal.

Mentre les guineus em barren el pas, sento el soroll minúscul d'alguna cosa al meu darrere, un so tan fluix que, o les guineus no l'han sentit perquè són just allà on el vent entra sorollós per l'obertura del túnel, o són tan astutes que no fan cap indicació d'haver sentit el que per força no pot ser altra cosa que el cigne, encara amagat a la vista, ocult rere el revolt del túnel. Contemplo davant meu les dues formes rogenques, que encara no han fet cap moviment tret de la tremolor de la més jove, i tot d'una em sento ple d'admiració no volguda per la seva arteria —la intel·ligència que les ha portat fins aquí amb l'esperança d'un àpat que elles han esperat pacientment en emboscada—, una astúcia que jo mateix hauria utilitzat si hagués tingut força i enteniment, en comptes d'aquesta feblesa que em serpenteja pel cap i el cos i m'adorm les facultats.

Quin aspecte dec tenir per a elles, aquí dret, amb la meva pròpia sang degotant-me per les potes. Ara sé que no seré capaç de tornar a casa, que el meu cos només té força per desaparèixer dins de la meva voluntat una sola vegada més. Puc sentir que m'estic morint i que gairebé estic mort... Ho puc sentir, i sé que ara no hi ha res que em pugui fer tornar al bosc. Però no em matarà l'home! No moriré només per la seva arma, i amb aquesta convicció noto el terra al meu dessota, i sento com tota la meva força m'impulsa endavant cap a la guineu jove, un moviment tan ràpid i poderós que ella és incapaç de reaccionar i torna a caure abatuda sobre la neu. Em tombo dèbilment cap a la mare, però ja la tinc al damunt i sento les seves dents a la meva gola, esmolades, punxants, l'única sensació que li queda al meu cos quan l'alè ja no em pot arribar als pulmons i les últimes restes de la meva sang se m'escolen del cap.

I quan una fredor més enllà de la neu i del gel de l'hivern em comença a glaçar, quan un cansament més enllà de l'esgotament em comença a tancar l'ull, penso en el cigne, i em meravello del núvol que veig, i penso que a vegades els núvols poden semblar coses vives.

Agraïments

M'agradaria agrair a Barry Lopez el seu llibre *Of Wolves and Men* (*De llops i homes*), que vaig llegir de petit però que no he oblidat mai.